文选 文学的御花园

简宗梧 编著

江苏凤凰文艺出版社

图书在版编目（CIP）数据

文选：文学的御花园 / 简宗梧编著. -- 南京：江苏凤凰文艺出版社, 2024. 6. -- ISBN 978-7-5594-8775-9

Ⅰ. I206.2-49

中国国家版本馆CIP数据核字第2024VW4106号

著作权合同登记号：10-2024-109

版权所有 © 时报文化出版公司

本书版权经由时报文化出版公司授权北京时代华语国际传媒股份有限公司简体中文版，委托英商安德鲁纳伯格联合国际有限公司代理授权。非经书面同意，不得以任何形式任意重制、转载。

文选：文学的御花园

简宗梧　编著

责任编辑	项雷达
图书策划	宁炳辉　马利敏
特约编辑	李泽婧
装帧设计	时代华语设计组
出版发行	江苏凤凰文艺出版社
	南京市中央路165号，邮编：210009
网　　址	http://www.jswenyi.com
印　　刷	三河市宏图印务有限公司
开　　本	880毫米×1230毫米　1/32
印　　张	6.75
字　　数	148千字
版　　次	2024年6月第1版
印　　次	2024年6月第1次印刷
书　　号	ISBN 978-7-5594-8775-9
定　　价	48.00元

江苏凤凰文艺版图书凡印刷、装订错误，可向出版社调换，联系电话025-83280257

总序
用经典滋养灵魂

龚鹏程

每个民族都有它自己的经典。经，指其所载之内容足以作为后世的纲维；典，谓其可为典范。因此它常被视为一切知识、价值观、世界观的依据或来源。早期只典守在神巫和大僚手上，后来则成为该民族累世传习、讽诵不辍的基本典籍，或称核心典籍，甚至是"圣书"。

中国文化总体上的经典是六经：《诗》《书》《礼》《乐》《易》《春秋》。依此而发展出来的各个学门或学派，另有其专业上的经典，如墨家有其《墨经》。老子后学也将其书视为经，战国时便开始有人替它作传、作解。兵家则有其《武经七书》。算家亦有《周髀算经》等所谓《算经十书》。流衍所及，竟至喝酒有《酒经》，饮茶有《茶经》，下棋有《弈经》，相鹤相马相牛亦皆有经。此类支流稗末，固然不能与六经相比肩，但它们代表了在各自那一个领域中的核心知识地位，是很显然的。

我国历代教育和社会文化，就是以六经为基础来发展的。直到清末废科举、立学堂以后才产生剧变。但当时新设的学堂虽仿洋制，却仍保留了读经课程，以示根本未鬎。辛亥革命后，蔡元培担任教育总长才开始废除读经。接着，他主持北京大学时出现的新文化运动更进一步发起对传统文化的攻击。趋势竟由废弃文言，提倡白话文学，一直走到深入的反传统中去。

台湾的教育发展和社会文化意识，其实也一直以延续五四精神自居。故其反传统气氛及其体现于教育结构中者，与大陆不过程度略异而已，仅是社会中还遗存着若干传统社会的礼俗及观念罢了。后来，台湾才惕然警醒，开始提倡"文化复兴运动"，在学校课程中增加了经典的内容。但不叫读经，乃是摘选"四书"为《中国文化基本教材》，以为补充。另成立"文化复兴委员会"，开始做经典的白话注释，向社会推广。

文化复兴运动之功过，诚乎难言，此处也不必细说，总之是虽调整了西化的方向及反传统的势能，但对社会民众的文化意识，还没能起到普遍警醒的作用；了解传统、阅读经典，也还没成为风气或行动。

20世纪70年代后期，高信疆、柯元馨夫妇接掌了当时台湾第一大报《中国时报》的副刊与出版社编务，针对这个现象，遂策划了《中国历代经典宝库》这一大套书。精选影响人们最为深远的典籍，包括了六经及诸子、文艺各领域的经典，遍邀名家为之疏解，并附录原文以供参照，一时社会震动，风气丕变。

其所以震动社会，原因一是典籍选得精切。不蔓不枝，能体现传统文化的基本匡廓。二是体例确实。经典篇幅广狭不一、深浅悬隔，如《资治通鉴》那么庞大，《尚书》那么深奥，它们跟小说戏曲是截然不同的。如何在一套书里，用类似的体例来处理，很可以看出编辑人的功力。三是作者群涵盖了几乎全台湾的学术精英，群策群力，全面动员。这也是过去所没有的。四是编审严格。大部丛书，作者庞杂，集稿统稿就十分重要，否则便会出现良莠不齐之现象。这套书虽广征名家撰作，但在审定正讹、统一文字风格方面，确乎花了极大气力。再加上撰稿人都把这套书当成是写给自己子弟看的传家宝，写得特别矜慎，成绩当然非其他的书所能比。五是当时高信疆夫妇利用报社传播之便，将出版与报纸媒体做了最好、最彻底的结合，使得这套书成了家喻户晓、众所翘盼的文化甘霖，人人都想一沾法雨。六是当时出版采用豪华的小牛皮烫金装帧，精美大方，辅以雕花木柜。虽所费不赀，却是经济刚刚腾飞时一个中产家庭最好的文化陈设，书香家庭的想象，由此开始落实。许多家庭乃因买进这套书，仿佛种下了诗礼传家的根。

高先生综理编务，辅佐实际的是周安托兄。两君都是诗人，且侠情肝胆照人。中华文化复起、国魂再振、民气方舒，则是他们的理想，因此编这套书，似乎就是一场织梦之旅，号称传承经典，实则意拟宏开未来。

我很幸运，也曾参与到这一场歌唱青春的行列中，去贡献微末。先是与林明峪共同参与黄庆萱老师改写《西游记》的工作，继而再协助安托统稿，推敲是非，斟酌文辞。对整套书说不上有什么助益，自己倒是收获良多。

书成之后，好评如潮，数十年来一再改版翻印，直到现在。经典常读常新，当时对经典的现代解读目前也仍未过时，依旧在散光发热，滋养民族新一代的灵魂。只不过光阴毕竟可畏，安托与信疆俱已逝去，来不及看到他们播下的种子继续发芽生长了。

当年参与这套书的人很多，我仅是其中一员小将。聊述战场，回思天宝，所见不过如此，其实说不清楚它的实况。但这个小侧写，或许有助于今日阅读这套书的读者理解该书的价值与出版经纬，是为序。

致读者书

简宗梧

亲爱的朋友：

我国的文学作品，到南朝梁代，由朝廷搜集整理起来的典籍，约有四万四千五百多卷，其中文学作品占了很大部分。一个人置身在这么浩大的经典宝库之中，就算是穷一生的时间和精力，也难以博览周遍。因此，把文学作品加以分门别类，精选最有成就的作家，挑出最具有代表性的篇章，让人们能够以较少的时间，去欣赏众多杰作的精华，这实在是很有意义、很有价值的工作。不过，这可不是一件容易的事，因为那时文籍传播不易，要有丰富的藏书就很不简单，加上他必须有渊博的学养、卓绝的见识，才能胜任，也才能够为人所认同而得以流传。在中国文学史上，南朝梁武帝的太子萧统，就是具备这些条件的卓绝文学评选家。

由于萧统（昭明太子）雅好文学，在东宫搜集的图书近三万卷，他还邀集了许多文学家，朝夕商榷，一时名才毕集，确是晋、宋以来所未有，所以这位仅仅活了三十一岁的太子，竟然完成了中国第一部流传千古、具备各种体裁的文学总集。虽然它不是最早的文学总集，但它的出现，使其他同类型的选集，都为之黯淡无光，逐渐消失在无情的时空之中。唯有《昭明文选》（又称为《文选》），仍昭昭如日月之明，放射着万丈的光芒，成为现存最古的文学选集。

不过由于时间距离太远，语文多所变迁，加以现代一般人只习惯使用白话，于是这些千挑万选的杰作，现代人不免感到隔阂和疏离。本书以白话语体的注释、翻译和赏析，帮助读者咀嚼古代的英华，神交古人，感受古人生命的脉动，借以传下中国文化的香火，也使现代的中国文学，能根植在这古老的土壤里，抽嫩芽、长新枝，开艳丽的花朵，结丰硕的果实。

但是本书限于篇幅，因此我们只好挑选一部分。《昭明文选》就像网罗古代天下美味的餐馆（文学本来就是精神食粮），这儿有琳琅满目的菜单，虽然都是山珍海味，但我们却只能推荐二十道佳肴。当然，不免有遗珠之憾，如果读者觉得意犹未尽，不妨借着读本书的经验，遍读《昭明文选》所有的篇章，饱览古人留给我们的无尽宝藏。

我们也尽量顾及各种体类的篇章，都要兼容并蓄，也才合乎昭明太子选文的基本精神。本书在注释方面，注音是挑难字、破音字，或一般容易读错的字，用现代汉语注音符号注明现在的读音。至于古代读音，如果关系着篇章的节奏韵律，则在赏析稍加说明，如果无关韵律节奏，就略而不谈了。解释字词，本书将力求简明扼要，完全用白话，除非绝对必要，我们不引典故出处，因为这方面李善的注解已经够多了。至于人物，我们也只做最简单的介绍。文章语译，我们把它称为译述，因为语法及语汇的不同，要把文言文翻译成白话文，兼顾信、雅、达，已十分不易，而诗赋韵文骈体的翻译，更难以传达它的美感和神韵，所以翻译实际上是改头换面的再创造。我们虽然力求忠实流畅，也求其优雅，但不得不在尽量保持原著精神的前提下，对文字的详略和语气、语序，略作变动。注释和译述大多由内人林芳兰女士执笔，她毕业于台湾政治大学中文系，在高中、高职教语文将近二十年，对这方面颇有心得，著有《史事人物和典故》，所以就借重她的专业知识，俾使本书能更臻完美。

至于赏析方面，则由本人执笔，也力求深入浅出，除了说明作品的背景、题旨、段意，还进一步发挥文意、探讨脉络、分析做法，有时还不免牵涉到作者的生平遭遇，探讨其品性学养以及写作的心理历程，用以帮助读者朋友，更进一步去了解这些篇章，得以取其精髓。

文学本来就是以语言文字为媒介，以传达情感、知解和想象的艺术，但语言文字并不是极精密而准确的工具，所以古人说："伊挚不能言鼎，轮扁不能语斤"，连伊尹都说不出鼎中的美味，轮扁都说不出运斤的奥妙，行家尚且如此，更何况一般人呢？人们也常以为最精妙处，只能意会，不能言传。大诗人陶渊明也说："此中有真意，欲辨已忘言。"所以作者有难表之意，而读者也不易完全掌握作者言中之意。至于言外之意更只能全凭体会，加以各人所好不同，我们读古人篇章，诠解上已难免有异，评价上更难求统一。其实这也不妨，只要寻章会意，各有所得，不必屈人以从己。就如作者手指山水佳处，我们固然可以因所指以见美景，但仁者乐山、智者乐水，见山见水，难免有异。如果手指的动作，伴着悠扬的音乐、优雅的舞蹈，因指以见景时，则手挥目送，山川遥映，出入也就更大了。所以欣赏篇章只要细心揣摩，言而有征，不是故作惊人之论，而扭曲作者原意，自可众说并陈数家兼蓄，以增展美感的触角，而随着经验的累积，提升欣赏的层面和境界。本书的赏析，就是提供这些触角和经验，希望对读者朋友有所帮助。

文章是案头山水，本书只是以游历者的游记，充当文学导游，但案头山水的胜境,还是有赖读者披文人情、神游其间,与作者契合,才可以打破时空拘限,尚友古人,成为精神生活最富足的人。

  附带说明:本书所选录二十篇之前后排列,是依《昭明文选》原书之次序。

目录

上编　关于《昭明文选》

一、《昭明文选》的纂集 / 003

二、《昭明文选》的体例 / 005

三、《昭明文选》所选的篇章 / 014

四、《昭明文选》篇章的分类 / 023

下编　《昭明文选》篇章选析

一、子虚赋　司马相如 / 039

二、上林赋　司马相如 / 053

三、登楼赋　王粲 / 079

四、芜城赋　鲍照 / 085

五、归田赋　张衡 / 093

六、咏史　左思 / 098

七、古乐府 / 108

八、歌一首并序　荆轲 / 111

九、歌一首并序　汉高祖 / 113

十、古诗 / 115

目录

十一、诏一首　汉武帝／122

十二、出师表　诸葛亮／124

十三、陈情表　李密／132

十四、报任少卿书　司马迁／138

十五、与吴质书　曹丕／156

十六、与杨德祖书　曹植／162

十七、与陈伯之书　丘迟／170

十八、归去来　陶渊明／179

十九、过秦论　贾谊／185

二十、典论·论文　曹丕／193

上编 关于《昭明文选》

上编　关于《昭明文选》

一、《昭明文选》的纂集

随着文学的兴盛，篇章就越累积越多，然而古代的文学作品，大多是数百字或几千字的篇章。我们看到称为某某人的文集，那大部分是后人收编纂集的，这种以专收某人文章的集子，不论是诗集或文集，通常称为"别集"。如果精选各家文章为一编，兼容并蓄，就称为"总集"。譬如现在编个《朱自清全集》或《徐志摩散文选》，这都是属于别集类，如果编《现代名家散文选》，那就是总集了。

现存具备各种文类的文学总集，是以梁武帝时昭明太子（501—530）所纂集的《昭明文选》为最早，称得上"鸿篇巨制，垂范千古"。不过，他并不是文学总集的创始者，在他之前两百多年，晋朝杜预（222—284），就选了历代文章而成《善文》五十卷，但这部总集很早就亡佚了。接着又有李充的《翰林论》五十四卷，到隋唐时只剩三卷，现在也已亡佚了，只能在《文选》的注解里，看到一鳞半爪，但也就可以知道，他所选的是文辞优美的篇章，除选录文章之外，还说明选文的主旨，已开"文选"的先河。

另外又有挚虞（死于西晋怀帝永嘉五年，即311，约六十岁）的《文章流别集》四十一卷，还有《文章流别志论》二卷。到梁时有选文的集增为六十卷，记作家略历的"志"一卷，还有讨论文章的"论"二卷。但到隋唐时，也已残缺了，现在我们也只能从其他古书上找到一点，得知它论各种文章的体类和源流，如《文选》的诗、颂、赋、七、箴、铭、诔、哀辞、哀策、设论、碑，它都讨论到了，而《文选·序》所标举的,又和《流别论》颇多相合,所以挚虞的书,可以说是《文选》的先导。

此外,依据《隋书·经籍志》所记载的总集,列在《文选》之前的还有很多,如《文章流别本》十二卷(谢混撰)、《续文章流别》三卷(孔宁撰)、《集苑》四十五卷(梁时已六十卷)、《集林》一百八十一卷(南朝宋临川王刘义庆撰,梁时已二百卷)、《集林钞》十一卷、《集钞》十卷(沈约撰)、《集钞》四十卷(丘迟撰)、《集略》二十卷、《撰遗》六卷、《文苑》一百卷(孔逭撰)、《文苑钞》三十卷等,可见晋、宋、齐、梁之间,编总集的风气之盛了。昭明太子生当这个时候,由于时代的风尚,效法前贤的做法,纂集《文选》,终能超越前人,而流传千古。

昭明太子——萧统,字德施,是萧衍的长子,齐和帝中兴元年(501)九月,出生于襄阳。第二年萧衍即位为皇帝,改国号梁,就是梁武帝。同一年十月立萧统为太子,那时他才满周岁不久。萧统生而聪明,三岁读《孝经》和《论语》,五岁就遍读五经,九岁就在寿安殿讲《孝经》,能尽通大义。他姿容俊美,举止娴雅,据说他读书可以一目数行,而且过目不忘。他文思敏捷,限题、限韵、即席作诗,都提笔成篇。他禀性仁孝,在他二十六岁那年,母亲丁贵嫔病了,他衣不解带,日夜照顾,母亲之死,使他哀痛欲绝。在入殡之前,竟不食不饮。守丧期间,梁武帝还屡次下令进食。他健壮的身体,因此大受毁损,他原本腰带十围,竟然减削过半。后来梁武帝要他襄理政务,他处事明快,审断刑狱,常法外施仁,所以仁名远播,天下百姓都想望他的丰采。当时因大军北讨,京师米谷腾贵,他缩衣节食,暗中救济贫困,深体百姓疾苦。中大通二年(530)朝廷要动用三郡民丁,他赶紧上书劝止。次年四月他就病逝了,谥号"昭明"。由于他的仁德,他死时,朝野为之震动，京城男女奔走宫门，号泣满路，四方百姓也闻丧痛哭。

由于昭明太子爱好文学，广收文籍将近三万卷，又广纳才学之士，常与他们讨论文籍，商榷古今，一时名才毕集。被他礼遇的文士如刘孝绰、王筠、陆倕、殷芸、殷钧、到沆、王规、王锡、张缅、张缵等；在他东宫做官的有谢举、谢览、张率、到沆、刘苞、陆襄、徐勉、明山宾等，都是当时有名的文士。而《文心雕龙》的作者刘勰，也担任过东宫通事舍人，很受昭明太子器重。这些人都可能是他编选《文选》的顾问，或实际参与编选的工作。

由于《文选》的广为流传，其他以前及同时的文学总集，终于被淹没，因此这部总集，就成为齐梁以前文学总集的唯一传本，影响十分深远。由于文选、诗选是一般选集的通称，所以昭明太子这部《文选》，就通称为《昭明文选》了（本书为行文简洁，以下均通称《文选》）。

二、《昭明文选》的体例

昭明太子纂集《昭明文选》的时候，既然前有所承，那么它的体例，也是有所依循的。当时所流传的其他总集，现在虽都亡佚，但留下的断简残编，却为后人所搜辑，如严可均的《全晋文》，就辑得李充《翰林论》和挚虞《文章流别志论》很多条，他们两本书称之为论，原来都考辨文章的源流，分析体制的正变，举历代的名家，精选其文章，还附加评论，以说明选录的缘由。昭明太子的《文选》当然也免不了要具备这些。不过，《文选》没有另外写评论，只在序中说明了体例，把文章的源流、体制的正变，以及他选文的标准，

文选：文学的御花园

说得十分清楚，所以我们要了解《文选》的大体情况，必先读《文选·序》。我们就将他的序文抄录于下，并加以注解、翻译，并略加说明：

式观元始①，眇觌（miǎo dí）玄风②。冬穴夏巢之时，茹毛饮血之世③，世质民淳，斯文未作④，逮乎伏羲氏之王天下也，始画八卦，造书契，以代结绳之政，由是文籍生焉⑤。《易》曰："观乎天文以察时变，观乎人文以化成天下。"⑥文之时义远矣哉！

若夫椎轮为大辂之始⑦，大辂宁有椎轮之质；增冰为积水所成，积水曾微⑧增冰之凛。何哉？盖踵其事而增华，变其本而加厉；物既有之，文亦宜然。随时变改，难可详悉。

尝试论之，曰：《诗序》云"《诗》有六义焉：一曰风，二曰赋，三曰比，四曰兴，五曰雅，六曰颂"⑨。至于今之作

---

① 式：发语词；元始：就是原始，指太初、远古时代。
② 眇：同渺，远。觌：见、观。玄：远。玄风：是指远古的世风民情。
③ 冬穴夏巢之时，茹毛饮血之世：指上古时代，文明不昌盛，住巢穴、生饮食的时期。茹：食的意思。
④ 斯文：在这里指文字和文章，包括礼乐法度教化等文化和著作。作：兴起。
⑤ 逮：及；逮乎：是说"到了"。从"逮乎"以下二十七字，引自《尚书·序》，相传上古有伏羲氏画乾、坤、坎、离、艮、震、兑、巽等八卦，造图画和契刻，才有了文字的记载。
⑥ 这两句话是《易经·贲卦》的彖词。天文：指日月星辰；人文：指礼乐文章。
⑦ 椎轮：没有辐条的车轮，在这里是以简陋的车轮，象征简陋的车子。大辂：是比较进步的车子，通常殷商时代的车称大辂。
⑧ 曾：则。微：非。
⑨ 《诗序》：《诗经》的序文，相传为卜商（子夏）所作，这段是《关雎》的序文。风雅颂，是周代诗歌音乐上的区分，郑樵认为：风土之音为"风"，朝廷之音为"雅"，宗庙之音为"颂"。赋比兴是诗歌创作手法上的区分，直陈其事称为"赋"；以他物作比方称为"比"；先言他物，以引起所咏之词，称为"兴"。

者，异乎古昔；古诗之体，今则全取赋名。荀、宋①表之于前，贾、马②继之于末。自兹以降，源流实繁。述邑居，则有凭虚、亡是之作；戒畋（tián）③游，则有《长杨》《羽猎》之制。若其纪一事、咏一物，风云草木之兴，鱼虫禽兽之流，推而广之，不可胜载矣。又楚人屈原，含忠履洁，君匪从流，臣进逆耳，深思远虑，遂放湘南。耿介之意既伤，壹郁之怀靡诉；临渊有怀沙之志，吟泽有憔悴之容。骚人之文，自兹而作。

诗者，盖志之所之也，情动于中而形于言。《关雎》《麟趾》④，正始之道著；桑间濮上，亡国音表。故风、雅之道，粲然可观。自炎汉⑤中叶，厥涂渐异，退傅有《在邹》之作，降将著"河梁"之篇，四言五言，区以别矣。又少则三字，多则九言，各体互兴，分镳并驱。颂者，所以游扬德业，褒赞成功。吉甫有"穆若"之谈，季子有"至矣"之叹。舒布为诗，既言如彼；总成为颂，又亦若此。

次则箴兴于补阙，戒出于弼匡，论则析理精微，铭则序事清润，美终则诔发，图像则赞兴；又诏诰教令之流，表奏笺

---

① 荀、宋：指荀卿和宋玉，《荀子》有《赋篇》，用隐晦曲折的语言与问答的形式，写箴、蚕等物的形体和功用，偏于说理，在形式上为散体赋的开端。宋玉所传赋作很多，但大多为后人所伪托，《文选》选有《高唐赋》《神女赋》《登徒子好色赋》，为贵游文学之宗，和屈原以抒情为主的骚体赋不同，都对后代贵游文学的散文汉赋，有直接的影响，所以说他们是汉赋的先声。
② 贾、马：指贾谊和司马相如，他们赋的作品很丰富，本书未选析贾谊的《鵩鸟赋》，而选了司马相如的《子虚赋》《上林赋》。
③ 畋：畋猎，如今已写为"田猎"，畋是动词，所以古时加"攵"旁以便和名词区别。
④ 《关雎》《麟趾》：是《诗经·周南》的篇名，依《毛诗·关雎序》的说法，二篇都是彰明王道教化。
⑤ 炎汉：依阴阳五行家的说法，认为汉是火德，所以称炎汉。厥：是"其"；"涂"：是"道路"。

文选：文学的御花园

记之列，书誓符檄之品，吊祭悲哀之作，答客指事之制，三言八字之文，篇辞引序，碑碣志状，众制锋起，源流间出。譬陶匏异器，并为入耳之娱；黼黻（fǔ fú）①不同，俱为悦目之玩。作者之致，盖云备矣。

余监抚②余闲，居多暇日，历观文囿，泛览辞林，未尝不心游目想，移晷（guǐ）③忘倦。自姬、汉以来，眇焉悠邈，时更七代，数逾千祀。词人才子，则名溢于缥④囊，飞文染翰，则卷盈乎缃⑤帙（xiāng zhì）。自非略其芜秽，集其清英，盖欲兼功，太半难矣。

若夫姬公之籍，孔父之书，与日月俱悬，鬼神争奥；孝敬之准式，人伦之师友；岂可重以芟夷，加之剪截？老、庄之作，管、孟之流，盖以立意为宗，不以能文为本。今之所撰，又以略诸。

若贤人之美辞，忠臣之抗直，谋夫之话，辨士之端，冰释泉涌，金相玉振。所谓坐狙丘议稷下，仲连之却秦军，食其之下齐国，留侯之发八难，曲逆之吐六奇，盖乃事美一时，语流千载，概见坟籍，旁出子史。若斯之流，又亦繁博；虽传之简牍，而事异篇章；今之所集，亦所不取。至于纪事之史，系年之书，所以褒贬是非，纪别异同，方之篇翰，亦已不同。若其赞论之综辑辞采，序述之错比文华，事出于沉思，义归乎翰

---

① 黼黻：是古代礼服上绣饰的花纹。白与黑相间的花纹叫"黼"，黑与青相间的花纹叫作"黻"。
② 监抚：是指监国和抚军，为太子的职务，帝王外行，太子留守都城，代摄国政，是为监国；随帝王巡行外地，则为抚军。
③ 晷：日影。移晷：在此以日影移动，比喻时间流逝。
④ 缥：青白色的帛，用作装书的布囊。
⑤ 缃：浅黄色的帛；帙：书套。所谓缥囊、缃帙，都是书卷的代称。

上编 关于《昭明文选》

藻,故与夫篇什,杂而集之。

　　远自周室,迄于圣代,都为三十卷,名曰《文选》云尔。凡次文之体,各以汇聚;诗赋体既不一,又以类分;类分之中,各以时代相次。

【注解】

　　张衡的《西京赋》,托凭虚公子叙述西京的繁荣;司马相如的《上林赋》,则托亡(wú)是公叙述游猎上林苑的盛况。两人命名都说明没这个人。

　　扬雄的《长杨赋》和《羽猎赋》,都是以劝诫君王畋猎的事为内容。

　　屈原,战国楚人,名平,号灵均,为楚三闾大夫。本来很受楚怀王的器重,受谗而被流放,忧愤而作《离骚》《九章》等作品,自沉汨罗江而死,详见本经典宝库《楚辞:泽畔的悲歌》。

　　"诗者"三句,是取自《毛诗·关雎序》,"所之"的"之",是"往""适"的意思。这句话是说:诗是诗人思想情感的体现。

　　依《礼记·乐记》的说法,桑间濮上之音是亡国之音。据说亡国之音,出自濮水之上的桑间,古时商纣要乐师师延作靡靡之乐,完成后不久,师延就在濮水自杀了,后来晋国师涓路过此地,夜晚听到了把谱记下来,给晋平公拿去演奏。

　　汉代韦孟,历任楚元王、子夷王和孙王戊三代的傅相,后因王戊荒淫无道而去职,作《讽谏》《在邹》二诗,都是四言诗。

　　汉武帝时,李陵与匈奴作战,力竭而降,李陵《与苏武诗》有"携手上河梁"的句子。但这些作品据考证,是后人所伪托。

　　尹吉甫,周人,作《烝民》(《诗经·大雅》)有"穆如清风"

的句子。

《左传》襄公二十九年（前544），吴公子季札到鲁国观乐，听到"颂"诗，赞美"至矣哉"！

三言的作品，如《战国策》的"海大鱼"；八字的作品，如蔡邕《题曹娥碑》："黄绢幼妇外孙齑臼"，都是离合体，把一字拆成两字，或拼两字成一字，是文字游戏性质的隐语。

依《鲁连子》记载，战国时齐国有辩者叫田巴，辩于狙丘，而议于稷下，诋毁五帝，怪罪三王，一日而服千人。见于本书曹植《与杨德祖书》。

依《战国策·赵策》记载，秦军围赵都邯郸，魏王派辛垣衍劝赵王，共尊秦王为帝以求和平共存。鲁仲连这时正好到赵国，责备了辛垣衍，使他不敢游说。秦军为之退兵五十里。也见于《史记·鲁仲连邹阳列传》。

汉高祖派郦食其说服齐王降服，事见《史记·郦生陆贾列传》。

汉高祖用郦食其的建议，想封六国后代为王，张良发"八难"，于是打消此议。留侯是张良的封号。事见《史记·留侯世家》。

汉朝陈平，封曲逆侯，他曾"六出奇计"。

【语译】

让我们远远地回溯一下原始时代的情况，当人们冬天住在地穴里，夏天在树上结巢的时候，那是不知道用火而生吃鸟兽的时代，世风质朴、民情淳厚，文明未开，文字文章都还没兴起。到了伏羲氏为王的时代，开始画八卦，造出书契来记事，代替从前结绳记事的方法，由此才有文籍的生成。《易经》上说："观天文可知季节的变化，观人文以施教化，可服天下。"文的历史意义，实在深远极了。

简陋无辐的椎轮是大辂的肇始，但大辂哪里会有椎轮那么质拙；厚厚的冰层是积水凝结成的，但积水哪会像冰层那么冷冽。为什么呢？因为事物继续有所发展、变化，改变了原本的样子，增强了新的效果，事物是如此，文章也是如此。都是随着时代而变化，很难详加分析了解。

我曾试着讨论它，《诗序》说："诗的性质和体裁，共有六类，一是风，二是赋，三是比，四是兴，五是雅，六是颂。"到现在的作品，情形又和古时不同。赋原本只是古诗的一体，如今则统称赋而自成文章的体类了。荀卿和宋玉发扬于前，贾谊和司马相如承继于后。自此以后，源流发展非常丰富。讲都会宫殿的，如托借凭虚公子和亡是公谈话的写法；劝诫君王田猎的，像《长杨赋》和《羽猎赋》这些作品。至于那些记一件事，咏一个物品，或是对风云草木的感兴，对鱼虫禽兽的描写，诸如此类，就说不完了。又有楚国人屈原，以一个心志忠诚而行为高洁的人，遇上君王不能纳谏，而臣子勉强进谏的情况，虽然他为国深谋远虑，却被流放到湘水之南。屈原耿介的志行受了伤害，抑郁的情怀无可倾诉，在水边兴起怀石自沉的念头，吟咏泽畔而有憔悴的容貌，于是就有了述感自伤的骚体文章。

诗，本来是表示志向的，内心有所感便表现在言语之中，像《关雎》《麟趾》各诗，是显示圣王教化之道，桑间濮上诸诗，是表示亡国之音，那时风雅兴盛，非常可观。自汉朝中叶以后，诗歌发展的途径，逐渐不同了。退职的太傅韦孟，作出在邹地闲居的诗，降将李陵，写下"携手上河梁"的诗篇；四言诗和五言诗，便有所区分了。此外，诗句少则三字一句，多则九字一句，各种体类兴起、分头发展。颂，是用来歌功颂德的，尹吉甫赞美周宣王，有"穆若"的颂诗，吴公子季札赞美颂乐，有"至矣"的赞叹。表现为诗歌，就像韦孟、李陵所写的那样；总括美德而加以颂扬，就像尹吉甫所作、季札所叹的那样。

其次，箴是为弥补缺失而作；戒是为匡正错误而写；论，分析道理要能精密；铭，叙事要能清新圆润。为寿终的人作赞美之辞而有了诔，为图像作赞扬之文就有了赞。此外，诏诰教令之类，表奏笺记等，以及书札、誓词、檄文、祭文和答客、指事之类作品，三言八字隐语式的文章，以及篇辞引序，还有碑文和行状，各种不同体制的文章，都纷纷产生，种类繁多，而源流也非常混杂。就像乐器有土制、有匏属的不同，听起来却都能悦耳，服饰有各种不同的花纹，看起来都能悦目。作家的情致，也借不同体例的文章，完美地表达出来。

我承担监国、抚军之余，有很多的空闲，就遍读群籍中的各种文章，常常沉浸其中，过了许多光阴而不知困倦。自周、汉以来，年代久远，已经换了七个朝代，超过一千年了。多少文人才子，名满于书囊之外，多少名篇辞采，充满在书卷之中。自然非得淘汰掉不够精美的部分，汲取精华不可，不然的话，要想全部加以细读就太困难了。

像周公、孔子的典籍，那是跟日月一样永照天地，跟鬼神一样精微奥妙，所论说是伦理规范，岂能加以删节截取？像老子、庄子、管子、孟子的书，都是以立论为主不重在文章，现在我也略掉不选。

至于像贤德之人所说的话，忠臣的直谏，谋士的言论，辩士的舌锋，都如冰融水化，泉涌而出滔滔不绝，既有内容，又有文采，如金玉雕琢而明其质。像人们所谓的，田巴在狙丘地方的论辩，在稷下的议论、鲁仲连拒退秦军的说辞、郦食其对齐国的招降、张良反对复封六国所发的"八难"、陈平的六出奇计，都是当时为人所赞美，后世也将他们的话永久流传，既见于经典，也旁见于诸子和史书，这一类文辞繁多博富，虽然也记载下来，但不同于带文学性的篇章，所以也不选取。至于记事体和系年体的历史书籍，是用来褒贬人物、评断是非、记叙远近、分别异同的，与文学作品比较，也有所不同。不过史书中的赞、论、序、述等，都是运用文学表现手法，经过深刻的艺术构思，借优美的辞藻表现出来的，所以就把它们和文学的篇章杂在一起加以选辑。

远自周代，以至当今圣明的梁代，合选三十卷，题名为《文选》。凡合文章体例的作品，加以汇集，而诗赋体类不一，所以加以分类，而每类作品，是以时代的前后为次序，加以排比。

以上昭明太子的《文选·序》，说明了他的文学观念和《文选》的体例，序文主要分三部分：第一部分论文章的源起，探讨文学的性质；第二部分是辨析文章的体例，叙述各种体类源起、递变的概况；最后说明《文选》选目与编次的原则。

第一段说明：原始时代人们还不可能创造文化，到伏羲时代，才始创文化，文化的发展，有重大的社会意义和时代意义。所以第二段说明：与其他事物一样，文随时变，很难加以详悉。第三段指出赋的源流。第四段叙述诗颂的源流。第五段总叙其他各类文体的产生、发展及其不同的功用，因种类繁多，所以多只释其义，或仅举其名。第六段说明选文的动机，因历代作家众多，文籍浩瀚，若不加以选择，很难尽读，所以有选文的必要。第七段叙述先秦经书子籍不选的理由。第八段说明不选贤人、忠臣、谋夫、辩士的论著，以及不选史籍却选其中赞、论等部分文字的理由。第九段说明选文的起讫时代和编排体例。

事物由简到繁，文章由质朴趋向辞采华丽，这是六朝文人的一般看法，萧统在这问题的基本观点，正是时代思潮的反映。文中说的"篇章""篇翰""篇什"，都是指文学作品而言。在他看来，后代文人的制作，其性质之不同于经籍子史，在于"以能文为本"；而"能文"的特征，则是"事出于沉思，义归乎翰藻"。"事"是题材，任何的题材都有其寓意，而其寓意的表达，又不同于一般的哲学论著、历史书籍和其他应用文字，必须是透过深刻的艺术构思，锤炼语言辞藻之美。于是为文学作品与非文学作品之间划出了一条较明确的界限。就因为有了这个界限，所以他能够在大量的古代作品中，加以挑选，编出这部规模宏伟的文学选集。

五经与圣人典籍，深奥玄妙，是人伦之法式，不敢删削挑选，特示尊重，因为那是日月不刊之书。其实这也和先秦诸子之文不录的理由相同，因为他们都"以立意为宗，不以能文为本"，这"立意"与"能文"对称，并不表示二者的对立，也不能就此认定他只是着眼于形式唯美的追求。文章自然要讲求其"事"与"义"，以丰富其内容，只是它是不是"综辑辞采，错比文华"地表达出来，是它重要的尺度。当然，这选录标准，是偏重了辞采，也着重了形式，所以招来后人很多的非议，但无可否认，它在中国文学思想史上，却是很突出的见解，也占极重要的地位。

三、《昭明文选》所选的篇章

在昭明太子选文的尺度下，哪些人的哪些篇章能膺选而流传？最早的作品是哪一篇？被选入篇章最多的作者是谁？才高八斗的曹子建，被选了多少作品？由于《文选》依文体类分，所以看不出来。

如今我们依照其所认定的时序,排比起来,就醒目得多了:
周 卜商(子夏) 毛诗序
　　屈原(平) 离骚、九歌六首、九章一首、卜居、渔父
　　宋玉 风赋、高唐赋、神女赋、登徒子好色赋、九辩五首、招魂、对楚王问
　　荆轲 歌一首
秦 李斯 上秦始皇书
汉 刘邦(高祖) 歌一首
　　刘彻(武帝) 诏一首、贤良诏、秋风辞
　　贾谊 鹏鸟赋、过秦论、吊屈原文
古词 古乐府三首、古诗十九首
　　淮南小山 招隐士
　　韦孟 讽谏诗
　　枚乘(叔) 七发八首、奏书谏吴王濞、上书重谏吴王
　　邹阳 上书吴王、于狱中上书自明
　　司马相如(长卿) 子虚赋、上林赋、长门赋、上疏谏猎、喻巴蜀檄、难蜀父老、封禅文
　　东方朔(曼倩) 答客难、非有先生论
　　司马迁(子长) 报任少卿书
　　李陵(少卿) 与苏武诗三首、答苏武书
　　苏武(子卿) 诗四首
　　孔安国 尚书序
　　杨恽(子幼) 报孙会宗书
　　王褒(子渊) 洞箫赋、圣主得贤臣颂、四子讲德论
　　扬雄(子云) 甘泉赋、羽猎赋、长杨赋、解嘲、赵充国颂、剧秦美新论

刘歆（子骏） 移书让太常博士

班婕妤 怨歌行

后汉

班彪（叔皮） 北征赋、王命论

朱浮（叔元） 为幽州牧与彭宠书

班固（孟坚） 两都赋序、西都赋、东京赋、幽通赋、答宾赋、典引、汉书公孙弘传赞、汉书述高祖纪赞、述成纪赞、述韩彭英卢吴传赞、封燕然山铭

傅毅（武仲） 舞赋

张衡（平子） 西京赋、东京赋、南都赋、思玄赋、归田赋、四愁诗四首

崔瑗（子玉） 座右铭

马融（季长） 长笛赋

史岑（孝山） 出师颂

王延寿（文考） 鲁灵光殿赋

蔡邕（伯喈） 郭林宗碑文、陈仲弓碑文

孔融（文举） 荐祢衡表、论盛孝章书

祢衡（正平） 鹦鹉赋

潘勖（元茂） 册魏公九锡文

阮瑀（元瑜） 为曹公作书与孙权

刘桢（公幹） 公讌诗、赠五官中郎将四首、赠徐幹、赠从弟三首、杂诗一首

陈琳（孔璋） 答东阿王笺、为曹洪与魏文帝书、为袁绍檄豫州、为曹公檄吴将校部曲文

应玚（德琏） 侍五官中郎将建章台集诗

杨修（德祖） 答临淄侯笺

王粲（仲宣）　登楼赋、公䜩诗、咏史诗、七哀诗二首、赠蔡子笃、赠士孙文始、赠文叔良、从军诗五首、杂诗一首

　　繁钦（休伯）　与魏文帝笺

　　班昭（曹大家）　东征赋

蜀汉　诸葛亮（孔明）　出师表

魏　曹操（武帝）　乐府二首（短歌行、苦寒行）

　　曹丕（文帝）　芙蓉池作、乐府二首（燕歌行、善哉行）、杂诗二首、与朝歌令吴质书、与吴质书、与钟大理书、典论论文

　　曹植（子建）　洛神赋、上责躬诗、应诏诗、公䜩诗、送应氏诗二首、三良诗、七哀诗、赠徐幹、赠丁仪、赠王粲、又赠丁仪王粲、赠白马王彪、赠丁廙、乐府四首（箜篌引、美女篇、白马篇、名都篇）、朔风诗、杂诗六首、情诗、七启八首、求自试表、求通亲表、与杨德祖书、与吴季重书、王仲宣诔。

　　吴质（季重）　答魏太子笺、在元城与魏太子笺、答东阿王书

　　缪袭（熙伯）　挽歌

　　应璩（休琏）　百一诗、与满公琰书、与侍郎曹长思书、与广川长岑文瑜书、与从弟君苗君胄书

　　李康（萧远）　运命论

　　曹冏（元首）　六代论

　　何晏（平叔）　景福殿赋

　　嵇康（叔夜）　琴赋、幽愤诗、赠秀才入军、杂诗、与山巨源绝交书、养生论

　　阮籍（嗣宗）　咏怀诗十七首、为郑冲劝晋王笺、奏记诣蒋公

　　钟会（士季）　檄蜀文

吴　韦昭（弘嗣）　博弈论

晋　应贞（吉甫）　晋武帝华林园集诗

傅玄（休奕） 杂诗

羊祜（叔子） 让开府表

皇甫谧（士安） 三都赋序

赵至（景真） 与嵇茂齐书（吕仲悌与嵇康书）

杜预（元凯） 春秋经传集解序

枣据（道彦） 杂诗

成公绥（子安） 啸赋

向秀（子期） 思旧赋

刘伶（伯伦） 酒德颂

夏侯湛（孝若） 东方朔画赞

傅咸（长虞） 赠何劭王济

孙楚（子荆） 征西官属送于陟阳侯作诗、为石仲容与孙皓书

张华（茂先） 鹪鹩赋、励志赋、答何劭二首、杂诗、情诗二首、女史箴

潘岳（安仁） 藉田赋、射雉赋、西征赋、秋兴赋、闲居赋、怀旧赋、寡妇赋、笙赋、关中诗、金谷集作诗、悼亡诗三首、为贾谧作赠陆机、河阳县作、在怀县作二首、杨荆州诔、杨仲武诔、夏侯常侍诔、马汧督诔、哀永逝文

何劭（敬祖） 游仙诗、赠张华、杂诗

石崇（季伦） 王明君辞、思归引序

张载（孟阳） 七哀诗二首、拟四愁诗、剑阁铭

陆机（士衡） 叹逝赋、文赋、皇太子谦玄圃宣猷堂有令赋诗、招隐诗、赠冯文罴迁斥丘令诗、答贾谧诗、于承明作与士龙、赠尚书郎顾彦先二首、赠交趾太守顾公真、赠从兄车骑、答张士然诗、为顾彦先赠妇二首、赠冯文罴、又赠弟士龙、赴洛二首、赴洛道中作二首、为吴王郎中时从梁陈作、乐府十七首（猛虎行、君子行、

从军行、豫章行、苦寒行、饮马长城窟行、门有车马客行、君子有所思行、齐讴行、长安有狭邪行、长歌行、悲哉行、吴趋行、短歌行、日出东南隅行、前缓声歌、塘上行）、挽歌三首、园葵诗、拟古诗十二首、谢平原内史表、豪士赋序、汉高祖功臣颂、辩亡论、五等论、演连珠五十首、吊魏武帝文

陆云（士龙）　大将军谯会被命作诗、为顾彦先赠妇二首、答兄机、答张士然

司马彪（绍统）　赠山涛

张协（景阳）　咏史、杂诗、七命八首

潘尼（正叔）　赠陆机出为吴王郎中令、赠河阳诗、赠侍御史王元贶、迎大驾

左思（太冲）　三都赋序、蜀都赋、吴都赋、魏都赋、咏史诗八首、招隐诗二首、杂诗

张悛（士然）　为吴令谢询求为诸孙置守冢人表

李密（令伯）　陈情表

曹摅（颜远）　思友人诗、感旧诗

王赞（正长）　杂诗

欧阳建（坚石）　临终诗

郭泰机　答傅咸

木华（玄虚）　海赋

刘琨（越石）　答卢谌诗、重赠卢谌、扶风歌、劝进表

郭璞（景纯）　江赋、游仙诗七首

庾亮（元规）　让中书监表

卢谌（子谅）　览古、赠刘琨、赠崔温、答魏子悌、时兴诗

袁宏（彦伯）　三国名臣序赞

干宝（令升）　晋武帝革命论、晋纪总论

文选：文学的御花园

桓温（玄子） 若谯元彦表

孙绰（兴公） 游天台山赋

束晳（广微） 补亡诗六首

张翰（季鹰） 杂诗

殷仲文 南州桓公九井作、解尚书表

谢混（叔源） 游西池

王康琚 反招隐

陶潜（渊明） 始作镇军参军经曲阿作、辛丑岁七月赴假还江陵夜行涂口作、挽歌、杂诗二首、咏贫士、读山海经、拟古诗、归去来

谢瞻（宣远） 九日从宋公戏马台集送孔令、王抚军庚西阳集别时为豫章太守庚被征还东诗、张子房诗、答灵运、于安城答灵运

傅亮（季友） 为宋公修张良庙教、为宋公修楚元王墓教、为宋公至洛阳谒五陵表、为宋公求加赠刘前军表

谢惠连 雪赋、泛湖归出楼中玩月、秋怀、西陵遇风献康乐、七月七日夜咏牛女、捣衣、祭古冢文

谢灵运 述祖德诗二首、九日从宋公戏马台集送孔令诗、邻里相送方山诗、从游京口北固应诏、晚出西射堂、登池上楼、游南亭、游赤石进帆海、石壁精舍还湖中作、登石门最高顶、于南山往北山经湖中瞻眺、从斤竹涧越岭溪行、庐陵王墓下作、还旧园作见颜范二中书、登临海峤初发强中作与从弟惠连见羊何共和之、酬从弟惠连、永初三年七月十六日之郡初发都、过始宁墅、富春渚、七里濑、登江中孤屿、初去郡、初发石首城、道路忆山中、入彭蠡湖口、入华子冈是麻源第三谷、会吟行、南楼中望所迟客、田南树园激流植援、斋中读书、石门新营所住四面高山回溪石濑修竹茂林诗、拟魏太子邺中集诗八首

范晔（蔚宗） 乐游应诏诗、后汉书皇后纪论、二十八将传论、

宦者传论、逸民传论、后汉书光武纪赞

　　袁淑（阳源）　效曹子建乐府白马篇、效古诗

　　颜延之（延年）　赭白马赋、应诏曲水谠诗、皇太子释奠会作、秋胡诗、五君咏五首、应诏观北湖田收、车驾幸京口侍游蒜山作、车驾幸京口三月三日侍游曲阿后湖作、拜陵庙作、赠王太常、夏夜呈从兄散骑车长沙、直东宫答郑尚书、和谢监灵运、北使洛、始安郡还都与张湘州登巴陵城楼作、宋郊祀歌二首、三月三日曲水诗序、阳给事诔、陶征士诔、宋文皇帝元皇后哀策文、祭屈原文

　　谢庄（希逸）　月赋、宋孝武宣贵妃诔

　　鲍照（明远）　芜城赋、舞鹤赋、咏史、行药至城东桥、还都道中作、乐府八首（东武吟、出自蓟北门行、结客少年场行、东门行、苦热行、白头吟、放歌行、升天行）数诗、玩月城西门廨中、拟古诗三首、学刘公幹体、代君子有所思

　　刘铄（休玄）　拟古诗二首

　　王僧达　答颜延年、和琅邪王依古、祭颜光禄文

　　王微（景玄）　杂诗

齐　王俭（仲宝）　褚渊碑文

　　王融（元长）　永明九年策秀才文五首、永明十一年策秀才文五首、三月三日曲水诗序

　　谢朓（玄晖）　新亭渚别范零陵、游东田、同谢咨议铜雀台、郡内高斋闲坐答吕法曹、在郡卧病呈沈尚书、暂使下都夜发新林至京邑赠西府同僚、酬王晋安、之宣城出新林浦向板桥、敬亭山、休沐重还道中、晚登三山还望京邑、京路夜发、鼓吹曲、始出尚书省、直中书省、观朝雨、郡内登望、和伏武昌登孙权故城、和王著作八公山诗、和徐都曹诗、和王主簿怨情、拜中军记室辞隋王笺、齐敬皇后哀策文

陆厥（韩卿） 奉答内兄希叔、中山王孺子妾歌

孔稚珪（德璋） 北山移文

梁　范云（彦龙） 赠张徐州稷、古意赠王中书、效古诗

江淹（文通） 恨赋、别赋、从冠军建平王登庐山香炉峰、望荆山、杂体诗三十首、诣建平王上书

任昉（彦升） 出郡传舍哭范仆射、赠郭桐庐、为宣德皇后令、天监三年策秀才文三首、为齐明帝让宣城郡公第一表、为范尚书让吏部封侯第一表、为萧扬州荐士表、为褚谘议蓁让代兄袭封表、为范始兴作求立太宰碑表、奉答敕示七夕诗启、为卞彬谢修卞贞忠墓启、启萧太傅固辞夺礼启、奏弹曹景宗、奏弹刘整、到大司马记室笺、为百辟劝进今上笺、王文宪集序、刘先生夫人墓志、齐竟陵文宣王行状

丘迟（希范） 侍谦乐游苑送张徐州应诏、旦发渔浦潭、与陈伯之书

沈约（休文） 应诏乐游钱吕僧珍、别范安成、钟山诗应西阳王教、宿东园、游沈道士馆、早发定山、新安江水至清浅见底贻京邑游好、和谢宣城诗、应王中丞思远咏月、冬节后至丞相第诣世子车中作、学省愁卧、咏湖中雁、三月三日率尔作、奏弹王源、宋书谢灵运传论、恩幸传论、齐安陆昭王碑文

王巾（简栖） 头陀寺碑文

虞羲（子阳） 咏霍将军北伐

刘峻（孝标） 重答刘秣陵沼书、辩命论、绝交论

陆倕（佐公） 石阙铭、新刻漏铭

徐悱（敬业） 古意酬到长史溉登琅邪城

由以上的编排，我们可以看出：《文选》选先秦的文章，十分有限，作者仅五人，而所选的篇章，以骚赋占绝对多数。两汉

四百多年，所选的作者及篇章，也远比魏晋以后三百年少，这正表示文学兴趣的转变趋势。他以后来的文学兴趣为标准，当然不免厚今而薄古了。

所选的篇章，以子夏的《毛诗序》（《毛诗·关雎序》）为最早，但《毛诗序》是不是子夏所作，则大有问题。比较可信的，是以屈原为最早。屈原据后人考证，是生于周显王二十六年（前343），卒于周赧王三十八年（前277），是《文选》作者群中，最年长的一位。最年轻的该是徐悱了，他生于齐武帝永明六年（488），卒于梁武帝普通五年（524），这是就生年说的。就卒年来说，陆倕卒于梁武帝普通七年（526），比徐悱晚两年，不过死时陆倕已五十七岁，而徐悱才三十七岁，所以徐悱应该殿后。

由这些资料排比看来，《文选》所选的篇章，虽然止于梁代，但他是以选文时，作者已经作古的作品为限，所以并世的文人，有不少人很受昭明太子的礼遇，他们必有晔晔的篇章，但基于体例，全割舍了，倒是死得较早的，借《文选》得以不朽，所以人生际遇幸与不幸，有时也是很难说的。

四、《昭明文选》篇章的分类

昭明太子把他所选录的篇章，分为三十八类（也有人把"难"从"檄类"分出，成为三十九类）。各类中，再以时代先后为次序，正如他在《序》末所说的："凡次文之体，各以汇聚；诗赋体既不一，又以类分，类分之中，各以时代相次。"他的分类，引起后人不少的非议，如姚鼐说："《昭明文选》分体碎杂，其立名多可笑者。"

文选：文学的御花园

章学诚也说它："淆乱芜秽，不可殚诘。"其实一个时代自有一个时代的观念、背景与做法，所以拿它和同时代的《文心雕龙》来比较的话，就可以知道：它们在篇目上虽然小有出入，但大体是相符的。蒋伯潜先生的《文体论纂要》，将它们列表比较如下：

《文心雕龙》篇目（自《明诗》至《书记》凡二十篇） 《文选》分类

《文心雕龙》	《文选》
明诗，乐府	诗
诠赋	赋，辞
颂赞	颂，赞，史述赞
祝盟（辨骚列入第一卷）	骚
铭箴	铭，箴
诔碑	诔，碑文，墓志
哀吊	哀，吊文，祭文
杂文	七，对问，设论，连珠
谐隐	（散置赋、论二类中）
史传	行状（《文选》不录史传）
诸子	（《文选》不录诸子）
论说（序亦归入此篇）	论，序，史论，难
诏策	诏，册，令，教，策
檄移	移，檄
封禅	符命
章表	表，上书
奏启	启，弹事，奏记
议对	（《文选》无）
书记	笺，书

刘勰在《文心雕龙·序志》篇说自己："论文叙笔，则囿别区分，原始以表末，释名以章义，选文以定篇，敷理以举统"，于是得到上面所列的纲目，以它与《文选》相较，实在相去不远。《文选》又分赋类为：京都、郊祀、耕籍、畋猎、纪行、游览、宫殿、江海、物色、鸟兽、志、哀伤、论文、音乐、情。诗类也分出：补亡、述德、劝励、献诗、公䜩、祖饯、咏史、百一、游仙、招隐、反招隐、游览、咏怀、哀伤、赠答、行旅、军戎、郊庙、乐府、挽歌、杂歌、杂诗、杂拟。分类之细，是空前的。后来《唐文粹》虽大分二十二类，似乎比《文选》少，但它每类都分项目，所以更为繁琐。不过后世的总集，分类大多求其简化，

如姚鼐的《古文辞类纂》只分十三类，曾国藩的《经史百家杂钞》选录的范围更广，却只分为三门十一类。

兹将《文选》所分的三十八类，就其性质相近，略加归并，简介如下：

赋

赋是汉代文学的主流。它是不歌而诵，所以和诗歌有所不同，不过它和诗仍有血缘关系。《文心雕龙》说："赋也者，受命于诗人，拓宇于《楚辞》也。"这是说：赋是由《诗经》《楚辞》发展衍化而成的。《诗经》是赋的远源，《楚辞》是赋的近源。

赋之名，是出于《诗》的六义，也承袭其"敷陈其事而直言之"的特色，所以就内容来说，《楚辞》有诡异之辞、谲怪之谈、狷狭之志、荒淫之意，所以别于诗，而赋的"铺采摛文、体物写志"，长于铺陈事物，别于《楚辞》长于写幽怨之情。就形式来说，诗是比较整齐的，《楚辞》已较自由，而赋就有更强烈的散文化倾向，不被管弦，

但仍然以押韵为主。

赋的形式经过漫长的岁月,而有若干的演变,明代徐师曾的《文体明辨》,把赋分为古赋、俳赋、律赋和文赋四种,也说明了赋体演变的现象,但萧统的时代,还谈不上律赋和文赋,所以《文选》只有古赋和俳赋。而赋类的篇幅就占《文选》的三分之一,而且排列在最前面,这就知道萧统心目中,赋在文学中所占的比重。

司马相如的《子虚赋》《上林赋》是汉古赋典型的奠定者,对汉赋的内容和形式,有深远的影响,所以它不但是汉赋第一大家的成名代表作,也是文学发展的重要文献,因此我们选它加以注释、语译和赏析。另外,我们将选古赋变为俳赋两个阶段的代表作——张衡的《归田赋》和王粲的《登楼赋》,以及俳赋的代表作——鲍照的《芜城赋》,以俾对汉魏六朝的赋,有概略认识。

诗

人有七情,应物斯感,感物吟志,是很自然的事,正所谓"哀乐之心感,而歌咏之声发",所以世界各国文学,莫不始于讴歌,进而有诗歌,然后才有散文。我国古籍所传葛天氏之《八阕》,伊耆氏之《蜡辞》,及古孝子《断竹》之歌,尧时的《击壤》之颂,都是后人所记,大多真伪难辨。就萧统的眼光看来,这些也似乎太古朴了,所以一概不选录,在序里提到《关雎》《麟趾》正始之道,桑间濮上亡国之音。但《诗经》三百篇,既是"姬公之籍,孔父之书",可以"与日月俱悬",不可芟夷剪裁,所以也不选入《文选》。选录于《文选》最早的诗歌,该是荆轲的《易水寒》了,而以汉高祖的《大风歌》居次。

萧统将诗、歌、乐府,混为一体,再依内容和用途分类,分类的情形已如上述，他选录诗篇很多，但我们限于篇幅，除了荆轲和刘邦的歌之外，还选析《古诗十九首》中属于不同情调的四首，作为汉诗的代表。诗到魏晋，精神一变，汉诗节奏天然，不假烹炼，犹带《诗经》的气息；魏晋之诗，起调用字，务求工炼，曹植、阮籍、左思三人可为代表，因我们已选析曹植的《与杨德祖书》，所以只取左思的《咏史诗》而已。诗到晋末的陶潜，又开创不同的风貌，他的诗冲淡闲远，于描摹山村景色之中，抒写旷达的胸襟，我们已选析他的《归去来辞》，也就不再选析他的诗。诗至南北朝，渐重雕镂，平仄的谐协，也渐讲究，因限于篇幅，也不选析。至于乐府的部分，我们仅选《饮马长城窟行》一首古辞为代表。

骚辞

《文选》的骚类，也就是后人所称的《楚辞》。《楚辞》是南方人——以楚国为中心——的作品，由于南北文化的交流，再因自然环境和文化背景的不同，这种"书楚语，作楚声，纪楚地，名楚物"的楚国诗歌，借着驰骋的想象、华美的文采、浓厚的宗教情调、丰富的神话传说，唱出了楚人的信仰和热情，被认为开展了中国诗歌史上《诗经》以后的第二个春天。

《楚辞》里最重要的作品，大多被认为是屈原作的，以后承袭这种作品风貌的，也很多和屈原有关，所以《楚辞》和屈原几乎被认为是二而一、一而二的关系。而屈原的作品，以《离骚》最为重要，因此前人常称楚辞体为"骚体"。

屈原是中国诗歌史上第一个伟大的抒情诗人。他的作品，对中国文学发展有重大而深远的影响，《文选》选录而归于他名下的作品很多，我们理当选析他的作品，只因本《中国历代经典宝库》丛书中，已有一部《楚辞：泽畔的悲歌》，所以本书有关《楚辞》被称为骚体的部分，也就完全省略了。

《文选》立有辞类，实际上是《楚辞》的余绪，选了汉武帝的《秋风辞》和陶渊明的《归去来辞》。《秋风辞》是楚辞式的歌，与汉高祖的《大风歌》情韵与形式相近似，其实可归入歌类。至于《归去来辞》，其实是楚辞式的赋，魏晋以后的人喜欢分别称呼，《文选》就别立一类了，我们将选析《归去来辞》，以见一斑。

七

《文选》有七体，选载枚乘的《七发》、曹植《七启》和张协的《七命》而已。枚乘设辞问对，以琴音之赏、滋味之腴、车马之快，游观声伎、畋猎驰骋、观涛之乐，圣人辩士之要言妙道，以启发楚太子，《文心雕龙》以为"盖七窍所发，发乎嗜欲，始邪末正，所以戒膏粱之子"，所以称为七发；《文选》注以为是以七事启发太子的缘故。萧统时以七为篇名的作品已有十几篇，所谓《七激》《七辩》《七依》《七广》《七释》《七征》《七说》《七讽》……不一而足，也就难怪把它列为文体之一了。

所谓"七"体，依其体式，可以归为赋体，而内容也都高谈宫馆、盛称畋猎，言服馔穷其瑰奇，述声色极其蛊媚，甘意摇骨体，艳词动魂识，不过这些篇章，都是以淫侈开端，而正心归结。这些也都是赋的特色。

若论七体之滥觞，或可说是孟子问齐王之大欲，列举轻暖、肥甘、声音、彩色，实已启之，但问体式规模，后人都以《七发》为不祧之祖。它与我们所选析的《子虚》《上林》，铺张排比的手法十分相似，篇章又十分庞大，我们限于篇幅，既选了《子虚》《上林》，那么《七发》也只好割爱了。

诏、册、令、教、策

依《文心雕龙》之说，黄帝唐虞之世，称帝王之言为"命"，到夏商周三代，又有"诰""誓"之称。誓是用来训饬将士，诰是用来宣布政令，而命则用来封官赐姓。汉初重订仪则，分为四类：一是策书，用来册封王侯爵位；二是制书，用来颁布赦令；三是诏书，用来诰示朝中百官；四是戒敕，用来饬戒刺史太守。汉朝有选贤试士之法，也称为"策"，探事而献说叫做射策，应诏而陈政叫作对策。萧统《文选》就把帝王之诰示，称之为"诏"；试士之文，称之为"策"；至于册封王侯爵位的策书，就称之为"册"了。

令，本来跟"命"没有区别。依秦的制度，皇后及太子的命令称为令，汉初，王侯之命也称令，其实它和制诰没有什么区别，只是不敢和皇帝用相同的名称，故意改称而已。

教，取"效"字的音义，所谓"言出而民效"，古代契推行五常之教，所以诸侯大臣颁行告众的训令，统称为教。

诏、册、令、教、策，都是朝廷的应用文，也都是上位者对下位者或民众的公文书，所以《文选·序》也以"诏诰教令之流"并称，所以我们将它合并叙述，选析则只取汉武帝的诏为代表。这些皇帝王侯皇后的公文书，大多出于文人之手，《文选》大体都把这些作品归于原作者名下，也算是保护著作权吧？

表、上书、启、弹事

诏、册、令、教、策，是朝廷上位者对下位者所下的公文书；

而表、上书、启、弹事，则是下位者对君王的公文书。战国之前，有事向主上说明的，统称为"上书"，秦初改称为"奏"。汉朝定礼仪，分为四品，谢恩的称"章"，弹劾的称"奏"，陈情的称"表"，提出不同意见的称"议"。

《文选》有"表"无"章"，而李密的《陈情表》，虽是陈情，却是用来谢恩。这是因为后代"表"的用途渐广，到后来举凡论谏、劝进、陈乞、进献、推荐、庆贺、安慰、辞官、讼理、弹劾，只要献言于君，就多以"表"相称。"表"近"标"音，取"明"的意思，是说标注事理，使之明白，以告乎上位者。

"上书"的"书"，是谐近"舒"音，是用以舒布其言而陈之。战国之时，凡事言之于王，都称"上书"，后来虽然分类另立新名称，但仍不乏沿用旧名的。至于"启"，是取"开"的意思，正如殷高宗所说的：打开你的心，灌溉我的心，使我得到益处（"启乃心，沃朕心"），"启"就是取义于此，但因它是汉景帝的名字，所以两汉避讳不用。到了魏代，上书笺记才开始称"启"；在奏事的末尾，有时也用"谨启"。晋代以后，盛行用"启"，并兼表奏的功用。于是也包括了陈述政事、辞让官爵、答谢君恩，泯没了汉代制定四品的界限。

"弹事"是用以弹劾的奏章，用来彰明法制、澄清吏治的。因为它的目的在纠正邪恶，所以文辞比较深刻尖锐。

这一类的文章，都是进言于君王，虽说内容有异，名称为之不同，但大体而言，它们的界限并不明确，加以上书表启之文，内容并不是单一纯粹的，所以划分更为困难。今选析诸葛亮的《出师表》和李密的《陈情表》。前人说读《出师表》不哭者不忠，读《陈情表》不哭者不孝，可见古人对这两篇的评价。再说这两篇不但都以"表"陈情，《出师表》则兼陈政事，《陈情表》则兼谢恩，因此，除了"弹事"，两篇就足以概括这些体类了。至于"弹事"部分，《文选》选录不多，限于篇幅，也就不加选析了。

笺、奏记、书

　　刘勰的《文心雕龙》，把臣对君的上书归入《奏启》篇说明，其他的书信则归入《书记》篇。而《文选》的表、上书、启、弹事，相当于《文心雕龙》的"章表""奏启"类；《文选》的笺、奏记、书，则相当于《文心雕龙》的"书记"类。

　　笺，也就是"表"，是为识表其情。古来君臣同用"书"（对君就称"上书"），东汉时才称"笺记"，公府用"奏记"，郡将用"奏笺"。那时对太子、诸王、大臣，都称用"笺"，以别于对天子用"表"。

　　"奏记"和"奏疏"是同一类的，只是侯国或公府内用"奏记"之名，以别于对天子称"奏疏"。

　　除了上述所特定的对象，其他的书信往来，就都称为"书"了。我们在这一部分，选析了与文学批评有关的曹丕《与朝歌令吴质书》和曹植《与杨德祖书》，以便于和《典论·论文》相对照，另外选析一篇劝降的书信名作——丘迟《与陈伯之书》，一篇借题发挥以浇胸中块垒的名篇——司马迁《报任少卿书》。

檄、难

　　檄，是军用公告的公文书，前人以一尺二寸长的木简写上文字，用以号召兵马。春秋时期就有这种文告之辞，可说是"檄"的本始，战国时才有"檄"的名称。这种公文书还常插鸡羽，表示飞速紧急，所以又称"羽檄"。

　　檄，大体都是在说明自己这边光明正大，对方昏聩残苛，指天时、审人事，算计强弱，权衡大势。因为要宣告于众，所以要文义明显；又因为要责备于人，所以要义正词严。当然也免不了夸大或扭曲，以壮大气势，慑服敌人。

　　《文选》在"檄"类，有一篇是司马相如的《难蜀父老》，因为它称"难"不称"檄"，所以有人将它另立"难"类。其实这一篇的内容，也是宣众责难，与"檄"类相同，只是对方是父老而不是敌人。至于它的形式，是设辞问对，与"设论"类相同，它又用韵脚，所以又是赋体。《文选》"檄"类只有五篇，因篇幅所限，这一部分本书将全部不予选析。

对问、设论

　　《文选》"对问"是记载前人一时问答之辞，另有"设论"，则为文人假设之辞，有如赋体。但"赋"乃"述主客以首引"，用来铺叙事物；而"设论"则是借客人问难之回答，反复纵横，用以抒愤郁而自慰自勉，并可借以写志或讽喻。

　　设论之体，颇有畅所欲言、驰骋自得之妙，本拟选析东方朔的《答客难》，但限于篇幅，不得不删除。

序、史论、论

　　序，取"绪"之意，也作"叙"，是说善于叙述事理、次第有序，有如丝的端绪。通常是作者说明这本书或篇章之所由作。到后来也有用为赠言，这是因为叙述篇章之所由作，到后来也常不由作者自己说明，而由别人来叙述的，如《文选》所选的，就有皇甫谧为左思写的《三都赋序》。

史论，是史官在传末作议论，以为评断是非、臧否人物，这由《左传》以"君子曰"发论，开其端绪，其后司马迁《史记》，以"太史公曰"为每篇作论，为以后史传之所承。《文选》认为史传赞论"综辑辞采"，序述则"错比文华"，所以选录。序述缘由，论评是非，二者皆作者为其著述人物抒其所见所感，这是它们的共同点。

《文选》"论"类，则收学士大夫议论古今时世人物，或评论经史之言，正其讹谬，到唐宋取士，以此出题，所以这类的文章特多。本书选析了贾谊的《过秦论》和曹丕的《典论·论文》一论史事，一论文章，作为代表。

颂、赞、史述赞

颂，是舞容的意思，是《诗经》中的一体，它的特点是"美盛德而述形容"，原本是歌颂神的舞歌，转为歌功颂德的诗。颂的格调讲求典正高雅，辞藻讲究纯粹清丽，在铺述事实的写作方式方面，颂和赋很接近，只是没有像赋那样华丽和夸张。至于谨敬戒慎的精神，又与铭相同，但也不需像铭文那样要有规谏劝诫的作用。有时对所歌颂的人，又不免感叹他的缺失，于是后来的颂，也就褒中有贬了。

赞，是赞美称美之辞，用歌唱或朗诵的方式称扬功德，汉代还特别设置"鸿胪"的官职，来主掌其事，司马相如还为荆轲作赞，司马迁的《史记》和班固的《汉书》，都用赞文的体例来寄寓他们对于人事的褒贬,《汉书》还用"赞曰",不过《文选》把这一部分称为"史论",另把《汉书·叙传》,一如《史记·自序》,对所述篇目,另有引辞,称之为"史述赞"。

由《文选》所分,大体可以得到一些界限,颂和赞,原本是表达的方式有异,虽都有歌的性质,但颂配之以舞。后来虽然称美功德的诗,也都叫作"颂",与"赞"没什么差异,但在尊崇的程度上,还是稍见差别。同时《文选》的"赞",大多是引辞,有"序"的性质;而"颂"则近于"赋"。至于"史述赞"是选自史传,它与"赞"的区别,则如"史论"与"论"的区分了。

符命

符命,是称述帝王受命之符。古人认为帝王之兴,是应乎天命,而见乎祥瑞图谶,尤其两汉谶纬之学大盛,行封禅之礼,司马相如有《封禅文》,后来有仿其体式之作,《文选》归之于"符命"类。它的内容,自然免不了宣扬符瑞、歌功颂德,这一类的篇章,本书因限于篇幅,全部不选析。

连珠、箴、铭

连珠,是假物陈义以通讽喻之词,有如古诗讽兴之义。取名为"连珠",是说它贯穿情理,如珠在贯。所以辞丽言约,不直指事情是它的特色。其形式则多四六对偶而押韵,讲究的是义明而词净,事圆而音泽。

箴,是规诫之辞,它犹针灸疗疾,能有所讽刺而救其失,所以取名为"箴"。这种规讽之文,需有警戒之意,而多刺古以戒今,它除了匡正过错，也作为预防祸患。原先用于百官箴王之阙失，后来也用来自箴，所以有官箴和自箴二种，大体多用四言韵语，反复陈说古今兴衰治乱之变，以垂警戒。

铭，是刻在器物上的文字，它的内容可分为三：一是题记，二是记功德，三是表警戒。第一种不成为文章，作为铭文的应该只有后面两种。其后不限于器物，而有以山川、宫室、门关为铭的。一般铭文是要求事博文约，辞要温润，形式则不一，有用整齐凝练的韵语，有用散行的韵语，也有不用韵的。

诔、哀、碑文、墓志、行状、吊文、祭文

诔，取"累"的音义，在人死后，累计生时的德行事迹，加以表彰而使之流传不朽。周代的礼制，凡是有美好德行的士大夫，死后都可以赠赐铭诔文字，并根据诔文制定谥号，所以是非常庄重的。因为它选录死者生前可资纪念的言行，所以接近传记的体例，而它的文字风格则接近颂辞；开头先铺叙伟盛的德业，再以哀婉的情思作结。它讲求的是：追述死者的音容，仿佛可见；铺写哀怨的情思，凄婉动人。

哀，是哀死之文。依谥法，短命而死为哀，那么"哀"是对夭折枉死的人用的，所以哀辞讲求情感以伤痛为主，文辞则就爱惜来发挥，达到以辞遣哀的效用。后来哀文已不限于夭折枉死，或以有才而伤其不用，或以有德而痛其不寿，都成为哀文。

碑，是增加的意思。上古帝王，创纪帝号，行封禅之礼，都要以石土增高附基，这是"碑"得名的由来，后来就刻石以颂功德，以图不朽。另有一种是在宗庙立碑，把石碑安置在两柱之间，祭祀时用来供立牲畜，不曾在石上刻字，后来由于铭铸功德的钟鼎日益

匮乏，所以才以石碑替代钟鼎，接着坟墓也立碑文，表示对死者的怀念。碑文的写作，应有史官的才华，追述生平事迹有如史传的笔法，而文章辞采的表现又接近铭文。

墓志，就是墓前的碑文。古人葬时，追述其人的世系、名字、爵里、行治、寿年、卒葬年月，以及子孙的大略，勒石加盖，埋于圹前三尺的地方，以防以后陵谷变迁，用意深远，其后假手文人，就不免润饰太过，且墓志之外，又有墓铭及序。

行状，是死者的门生故吏亲友，写出死者的世系、名字、爵里、行治、寿年等有关生平的文章，以请考功的太常使之议谥，或请史馆编录，或请作者写墓志碑表所用的。换句话说，它是死者亲人撰写死者生平，用来求诔谥、求入史传、求写碑文或墓志铭的文章。

吊文，是哀悼死亡者，贾谊《吊屈原文》是吊文之祖，吊文常是吊古所以伤今，也作为后来的鉴戒。至于祭文，则是祭祀宣读的文章。古代所谓"吊"，本是慰问生者遭遇凶丧灾祸，但吊文之出现，已用于悼亡；古时所谓"祭"，本是祭告鬼神，祈求福安，驱逐灾邪，但后来祭奠亲友，也都用它，成为哀悼文之主干。

有关这一类序述死者行谊，哀悼告祭的文章，我们本拟选蔡邕《郭林宗碑文》和贾谊《吊屈原文》为代表。但也限于篇幅，忍痛割爱。

下编 《昭明文选》篇章选析

下编　《昭明文选》篇章选析

一、子虚赋　司马相如

楚使子虚使于齐，王悉发车骑，与使者出畋①。畋罢，子虚过奼（chà）②乌有先生，亡是公存焉。坐定，乌有先生问曰：

"今日畋乐乎？"

子虚曰："乐。"

"获多乎？"

曰："少。"

"然则何乐？"

对曰："仆乐齐王之欲夸仆以车骑之众，而仆对以云梦之事也。"

曰："可得闻乎？"

子虚曰："可！王车驾千乘，选徒万骑，畋于海滨；列卒满泽，罘（fú）网弥山③，掩兔辚（lín）鹿，射麋脚麟④，骛于盐浦，割鲜⑤染轮，射中获多，矜而自功。顾谓仆曰：'楚亦有平原广泽游猎之地，饶乐若此者乎？楚王之猎孰与寡人乎？'仆下车对曰：'臣，楚国之鄙人也，幸得宿卫，十有余年。时从出游，游于后园，览于有无，然犹未能遍睹也；又焉足以言其外泽乎？'"

---

① 畋：射猎于田野山林。
② 过：过访，拜访。奼：矜夸炫耀。
③ 罘：捉兔的网。弥：布满。
④ 辚：车轮压过；脚：在这儿兼动词用，抓住一只脚而把它捕获。大母鹿，称为麟。
⑤ 鲜：生肉。染轮有两种解释，一说是割鲜肉而血染车轮；另一说是将生肉沾染车轮上的盐来调味。

· 039

"齐王曰：'虽然，略以子之所闻见而言之。'

"仆对曰：'唯唯！臣闻楚有七泽，尝见其一，未睹其余也。臣之所见，盖特其小小者耳。名曰云梦。云梦者，方九百里，其中有山焉。

"其山，则盘纡槷郁，隆崇嵂崒（lú zú）①；

"岑崟（yín）②参差，日月蔽亏。

"交错纠纷，上干青云；

"罢池陂陁（pí tuó pō tuó）③，下属江河。

"其土，则丹青④赭⑤垩⑥，雌黄⑦白附，锡碧金银。

"众色炫耀，照烂龙鳞。

"其石，则赤玉玫瑰⑧，琳⑨珉⑩昆吾⑪。

"瑊玏（jiān lè）⑫玄厉⑬，碝石⑭碔砆⑮。

---

① 隆崇：耸起的样子；嵂崒：高危的样子，中古音都读入声。
② 岑崟：高峻的样子，中古音岑崟都读双唇鼻音韵尾。
③ 罢池：倾斜的样子。陂陁：不平的样子。
④ 丹：丹砂。青：青䕫。
⑤ 赭：赤土。
⑥ 垩：白土。
⑦ 雌黄：石黄，即三硫化砷的矿石。白附：石灰石。都是带有美丽色泽的矿石，大多可做颜料。
⑧ 玫瑰：火齐珠，火齐似云母，色紫而有光耀，薄如蝉翼。
⑨ 琳：美玉。
⑩ 珉：次于玉的美石。
⑪ 昆吾：也是次于玉的美石，或说是金矿石。
⑫ 瑊玏：也是次于玉的美石。
⑬ 玄厉：黑石，可以磨刀。
⑭ 碝石：似玉的美石，白的如冰，半带赤色。
⑮ 碔砆：音武夫，是一种亦质白纹的美石。

"其东,则有蕙圃:蘅兰芷若①,芎藭(xiōng qióng)菖蒲。

"茳蓠蘼芜,诸柘巴苴②。

"其南,则有平原广泽,登降陁靡,案衍坛曼③缘以大江,限以巫山。

"其高燥,则生葴菥(zhēn sī)苞荔,薛莎青薠。

"其埤湿,则生藏莨蒹葭,东蔷雕胡。

"莲藕觚卢,庵闾轩于。

"众物居之,不可胜图。

"其西,则有涌泉清池。激水推移。

"外发芙蓉菱华。

"内隐巨石白沙。

"其中,则有神龟蛟鼍,瑇瑁鳖鼋。

"其北,则有阴林其树④:楩楠豫章,桂椒木兰,檗离朱杨,樝梨楟栗,橘柚芬芳。

"其上,则有鹓雏孔鸾,腾远射(yè)干⑤。

"其下,则有白虎玄豹,蟃蜒貙豻。

"于是乎乃使专诸⑥之伦,手格此兽;

"楚王乃驾驯驳之驷,

"乘雕玉之舆。

"靡鱼须之桡旃,

---

① 蘅兰芷若:是四种香草。菖蒲生于水;芎藭:生于山谷,都是根可药用的香草。
② 诸柘:甘蔗。巴苴:芭蕉,一说是蘘荷。
③ 案衍坛曼:地势宽广的样子。
④ 其树:是"巨树"的误字。
⑤ 腾远:一说是腾蛇;一说是腾猿的误写。射干:似狐而小,能上树。
⑥ 专诸:春秋后期吴公子光用来刺杀吴王僚的勇士。

· 041

文选：文学的御花园

"曳明月之珠旗。

"建干将①之雄戟，

"左乌号②之雕弓，

"右夏服③之劲箭。

"阳子骖乘，纤阿为御④。

"案节未舒，即陵狡兽。蹵（cù）蛩蛩，辚距虚。

"轶野马，辖騊駼⑤。乘遗风，射游骐。

"倏眒（shēn）倩浰（liàn）⑥，雷动焱至，星流霆击；

"弓不虚发，中必决眦。洞胸达掖，绝乎心系。

"获若雨兽，揜草蔽地。

"于是楚王乃弭节徘徊、翱翔容与；览乎阴林，观壮士之暴怒，

"与猛兽之恐惧；徼佂（juàn）受诎⑦。殚睹众物之变态。

"于是郑女曼姬，被阿緆，揄纻缟；

"杂纤罗，垂雾縠（hú）。

"襞积褰绉，纡徐委曲，郁桡溪谷。

"衯衯裶裶，扬袘戌削，蜚襳（xiān）垂髾。

---

① 干将：吴王剑师，以后为利刃的代名。
② 乌号：有两种说法，一是说楚有柘桑，乌栖其上，以其木作弓，称乌号。一说是黄帝乘龙上天，所遗的宝弓。
③ 夏服：夏有良箭，繁弱之箭，而服是盛箭的器具。
④ 阳子：有两种说法，一说是能识千里马的伯乐，因为伯乐是他的字，他姓孙名阳，所以称阳子；另一说是仙人阳陵子。纤阿：也有两种说法，一说是古代擅长驾御的人；一说是为月神驾车的人，纤阿本是山名，有个女子在月亮经过山峰时，跃入月中，为月神驾车而得名。
⑤ 蛩蛩：似马青兽。蹵、辚：都是践压的意思。距虚：似骡而小。都是善走的野兽，后人都用来称呼善跑的野马。轶：冲犯侵凌，辖：以车轴碰触。騊駼：北方良马，或用来称野马。
⑥ 眒：就是"瞬"字。倏眒倩浰：都是迅疾的形容词。
⑦ 徼：拦截。佂：疲惫。诎：同"屈"。受诎：收取屈伏不动的野兽。

"扶舆猗靡，翕呷萃蔡（xì xiá cuì cài）①

"下靡兰蕙，上拂羽盖；

"错翡翠之葳②蕤，缪绕玉绥。

"眇眇忽忽，若神仙之髣髴。

"于是乃相与獠于蕙圃：媻（pán）姗郣窣（bó cù）③，上乎金堤。

"揵翡翠，射鵕鸃（jùn yì）。

"微矰出，孅缴施。

"弋白鹄，连驾（jiā）鹅。

"双鸧下，玄鹤加。

"怠而后发，游于清池。

"浮文鷁（yì），扬旌枻④。

"张翠帷，建羽盖。

"罔瑇瑁，钩紫贝。

"摐金鼓，吹鸣籁。

"榜人歌，声流喝。

"水虫骇，波鸿沸。

"涌泉起，奔扬会。

"礧石相击，琅琅磕（kē）磕。

"若雷霆之声，闻乎数百里之外。

---

① 翕呷萃蔡：是象声词，形容走路时衣服所发出的摩擦声。依中古音，翕呷是双声词，声母读"h"，韵尾都有双唇塞音"p"，翕读"xiep"，呷读"xap"，都是入声。萃蔡，声母都是舌尖塞擦音，而韵尾都有"i"，都是去声。

② 葳：草名，又叫马蓝。

③ 媻姗郣窣：形容缓缓行于故木林莽的样子。窣：匍匐而上的意思。

④ 鷁：本是水鸟，毛白色，能高飞，遇风不避，人们常将它画在船头，所以拿它作"船"的代称。文鷁，是绘着鷁首文采的船。扬旌枻：可解释为高举船桅的旌旗和船桨。枻：同"枻"，即桨。依《史记》，旌作为"桂"，依上句句型，较为可取。

"将息獠者,击灵鼓,起烽燧。

"车按行,骑就队。

"缅(xǐ)乎淫淫,般(pán)乎裔裔①。

"于是楚王乃登云阳之台②,

"怕乎无为,憺乎自持。

"勺药③之和具,而后御之。

"不若大王终日驰骋,曾不下舆。

"脟(luán)④割轮焠(cuì)⑤,自以为娱。

"臣窃观之,齐殆不如。'

"于是齐王无以应仆也。"

乌有先生曰:"是何言之过也!足下不远千里,来贶(kuàng)⑥齐国;王悉发境内之士,备车骑之众,与使者出畋;乃欲勠力致获,以娱左右,何名为夸哉?问楚地之有无者,愿闻大国之风烈,先生之余论也。今足下不称楚王之德厚,而盛推云梦以为高;奢言淫乐,而显侈靡,窃为足下不取也。必若所言,固非楚国之美也;无而言之,是害足下之信也。彰君恶,伤私义,二者无一可;而先生行之,必且轻于齐而累于楚矣!且齐东陼巨海,南有琅邪;观乎成山,射

---

① 缅:织丝相连属;或说人相偶,即如"俪"字。淫淫:是渐进的样子。般:依次相连而行;或说:人相连。裔裔:如水流而行。
② 云阳之台:在巫山下,云梦的南端。
③ 勺药:药草,根部能和五脏,又避毒,所以和兰桂五味调和,所以称五味之和为勺药。
④ 脟:"脔"的假借字。
⑤ 焠:烤炙的意思;另一解释是"染"。则全句为割鲜染轮的复述,只是变其辞语以求新奇。
⑥ 贶:宠赐的意思,此处当作"惠临"。

乎之罘;泛渤澥①,游孟诸。邪与肃慎②为邻,右以汤谷为界;秋田乎青邱③,彷徨乎海外;吞若云梦者八九于其胸中,曾不蒂芥!若乃俶傥瑰玮④,异方殊类,珍怪鸟兽,万端鳞崒⑤,充牣(rèn)⑥其中,不可胜记;禹不能名,高不能计。然在诸侯之位,不敢言游戏之乐,苑囿之大。先生又见客⑦,是以王辞不复。何为无以应哉?"

【语译】

楚国派了使者子虚出使齐国,齐王发动所有的车辆兵马,和使者一同去打猎。打猎结束后,子虚去拜访乌有先生,夸耀打猎的事,正好亡是公也在座。彼此坐定之后,乌有先生问道:"今天的狩猎快乐吗?"子虚答:"快乐。"乌有先生又问:"是猎获很多吗?"子虚说:"很少。"乌有先生不解地问:"那是为了什么高兴呢?"子虚说:"我高兴的是齐王本来想向我夸耀他车骑的众多,而我向他铺叙了楚国云梦大泽打猎的盛况。"乌有先生说:"可以说给我听听吗?"

子虚说:"可以呀!齐王亲率着千辆的兵车,精选了士卒万骑,到海滨去射猎。列队的士卒布满在草泽间,捕兽的罘网撒遍了山野。

---

① 泛渤澥:泛,指"泛舟";海边称渤,断流称澥。一说渤澥,即是渤海,即山东半岛和辽东半岛合抱而成的内海。与下句"孟诸"宋大泽相对。
② 邪:"斜",指东北方。肃慎:古代国家,曾拥有如今黑龙江、吉林、辽宁一带。
③ 青邱:为海外国名,指辽东、高句丽一带。
④ 俶傥:同"倜傥",非常不凡的意思。瑰玮:指奇珍异产,美丽高贵之物。
⑤ 万端:指千万种。鳞:形容多得像鱼鳞那样。崒:同"萃",聚集。
⑥ 牣:充满的意思。
⑦ 见客:受到当客人一般的待遇。见:当作"被""受"的意思,如见笑、见怪等。

文选：文学的御花园

用网罗捉兔，用车轮辗鹿，射死麋，活捉麟，驰骋在含有盐分的海浦，割裂生肉沾染车轮上的盐来调味。因为射猎擒获的兽多，齐王就矜夸自己的本领而洋洋自得。回头对我说：'楚国也有这样富饶多乐趣而专供游猎的平原广泽吗？楚王狩猎比起寡人又如何呢？'我下车回答说：'臣只是楚国见识很少的鄙陋之人，但幸运地在宫中担任了十多年的侍卫，时常跟着到后园打猎，有些地方看过，有些地方没看过，都没能看遍，又怎么能谈到外泽的情形呢？'

"齐王说：'虽是如此，你就大略以你所见闻说一说吧！'我答道：'是！是！臣听说楚国有七个大泽，我见过其中的一个，其他就都没有见过，而我所见是其中最小的，名叫云梦。云梦方圆九百里，其中有山，山势盘纡诘屈，耸拔突兀，高危而不齐，日月被它掩蔽，在山下难以看到完整的日月形状，山峰交错盘立，直上青云；山脉绵亘广远，下达江河。土壤有朱红的丹砂，青色的青䕿，有赤赭、白垩，还有雌黄、石灰土，内含锡、金、银，色彩灿烂，就像龙麟那么耀眼。岩石有赤玉，有紫色的火齐珠，还有琳玉及珉石、昆吾、瑊玏等似玉的美石，更有黑色的磨刀石，以及赤白相间纹理极美的硬石和碱砆。东边有种蕙的花园，还种着有兰花、杜蘅、白芷、杜若，以及可以药用的芎藭、菖蒲、茳蓠、蘼芜，可以食用的甘蔗和芭蕉。南边有平原广泽，地势起伏高低，有斜坡上下，地域辽阔，以大江为边缘，以巫山为界限。高燥的地方生长了葳、菥、苞、荔、薛、莎和青薠。低湿的地方生长了藏莨、兼葭、东蔷、莲藕、觚卢、庵䕡和轩于，许多草木长在那里，数也数不完。西边有涌出的泉水、清澈的池塘，水流不停地激荡起伏，水面盛开着芙蓉、菱花，水池内隐藏大石和白沙。水中还有神龟、蛟鼍、玳瑁和鳖鼋。北方有浓密的森林和巨大的树木、黄梗、楠木、乌梓、樟树、桂枝、椒树、木兰、黄檗、山梨、朱杨、楂棃、樗枣，以及柚、橘的芬芳。树上有鹓鶵、孔雀、鸾鸟、腾猿和射干；树下有白虎、黑豹、嫚蜒和貙豻。

"'于是就派了像专诸那一类的勇士，空手搏杀这些野兽。楚王亲自驾着四匹驯服的驳马，乘着美玉雕饰的车子，挥动着以鱼须为旒穗的曲柄旌旗，摇曳着镶夜明珠的旗帜。侍卫高举着锋利的三刃戟，左边挂着乌号的雕弓，右边挂着夏服的劲箭，有像阳子那样的人为他骖乘，像孅阿那样的人为他驾驭。当马车还照着节奏进行，没有尽全力奔驰，速度就足以凌越矫健的野兽，脚蹈了蛩蛩，辗过了距虚，超过了野马，以车轴的端头碰撞野马。乘着千里马——遗风，挽弓射杀游荡的野骐。雷霆万钧，目不暇给，如流星之陨坠，如闪电之袭击。弓不虚发，不是箭箭射中禽兽的眼睛，使眼眶绽裂；就是洞穿胸膛直出臂腋，把连着心脏的血脉射断。猎杀的禽兽，像下雨一样纷纷坠落，掩盖了草原，遮蔽了土地。于是楚王控着马，按着节奏，徘徊徐行，舒闲悠雅，浏览着浓荫的森林，欣赏着壮士的勇猛威武，和猛兽的恐惧战栗。拦截那些显出疲态和畏伏的走兽，看尽了众兽凶猛和疲伏的百态。

"'于是郑国的美女，容貌姣美娇艳，皮肤白晰润泽，披着细缯和细绤制成的衣服，拖着亡麻和素绢制成的裳裙；穿着细纹交错的罗绮，垂着薄雾般的轻纱，腰间裙幅折叠得很密，衣服的纹理聚得很多，线条婉曲多姿，表里缩蹙，有如深邃的溪谷。长长的衣裙，走起来掀动着裳裙的下缘，有如刀削得整齐。飘飞着刀圭般的襳带，垂摆着燕尾形的垂丝，衣服合身而体态婀娜，不时地发出"翁呷""萃蔡"的声音，燕尾形的垂丝抚擦着地上的花草，刀圭般的襳带轻拂着羽毛缀饰的车盖，秀发上交错各种颜色的鸟羽，缠结着缀饰了玉的缨缕，缥缈恍惚，有如天仙。

"'于是要众女参加在东边蕙圃中宵猎，在丛木林莽中缓缓前进，匍匐而上坚固如金的水堤，网捕翡翠鸟，射杀五彩羽毛的雉鸟，射出微镨短箭,发出系细生丝的矢,射中了似鹄的白水鸟,也射落了野鹅。双鸧中矢而落,黑鹤随之被射下。打猎疲倦了,就在西边的清池中荡舟。泛着刻绘着鹢首文采的船,扬起芳香桂木的桨,张设起翠羽装饰的帷幔;搭建起羽毛缀成的伞盖。网捉瑇瑁大龟,钓取紫色贝壳。撞着铙钲,吹着洞箫,船夫引吭高歌,歌声悦耳悠扬,忽而抑扬悲壮,水中的鱼鳖为之惊骇奔走,波浪腾沸,涌泉四起,与波涛激荡会合,水石相冲击,发出琅琅磕磕的声音,有如雷霆怒吼,声闻于数百里以外。

"'当打猎完毕要回来,捶击着六面的灵鼓,高举着燃烧的火把,车辆按次排成行列,武骑归队各就各位,有的双行像织丝似的连属渐进,有的单行像流水般的接续前行。

"'于是楚王到了南边,登上了云阳之台,心胸舒泰,淡泊无为,宁静自持,调和五味,然后进食。不像大王终日驰骋而不离车辆,割下成块的生肉,就轮间炙烧而食,以此自得其乐。依下臣之见,齐恐怕不如楚呢!'于是齐王默然答不出话来。"

乌有先生说:"这样说可就不适当了。你不远千里惠临我齐国,齐王动员了境内的士卒,准备了许多车骑陪着使者出猎,本是想全力猎获来娱乐左右的人,又怎能说是夸耀呢?其所以要听闻楚国的事,目的是想知道大国的善政美俗功业,以及先生的高谈美论。而现在你并不推崇楚王淳厚的德行,反而大肆称赞云梦,自以为了不起,大谈淫佚逸乐的事,反而显露骄纵侈靡,我以为你的做法并不可取。如你所说的是真的,那可不是楚国的美处,而是楚王的恶行,如果没那种事而你说了,那就损害你个人的信实品德。表彰君王的恶行,伤害个人的名节,两件没有一件是可取的,而你却做了,一定会被齐国所轻视,而楚国也会受到连累的呢!况且齐国东临大海,南有琅邪山,在成山之上可游观,在之罘山上可以射猎,有渤海为内海可以泛舟，有孟诸大泽可以网获。东北与肃慎为邻，东边与日出的汤谷为界。秋天畋猎于海外的青丘之国，徜徉于四海。像云梦大泽纵然有八九个包容在齐国境内，也了无痕迹。至于那些奇珍异产和珍怪鸟兽，成千上万，充斥其中，写也写不完。连大禹都不能分别予以命名，契也无从计数，但齐国因为居于诸侯之位，不敢畅言游猎的乐趣，和苑囿的广大。先生是被礼遇的贵客，所以齐王就辞而不答，这哪里是无言以对呢？"

【赏析】

《子虚赋》是司马相如见知于汉武帝的汉赋名篇，是促成汉赋兴盛的重要文献。作者司马相如，字长卿，蜀郡（今四川）成都人，《史记》和《汉书》都为他立传，生于大约汉文帝初年，卒于汉武帝元狩五年（前118）。他曾在景帝时任武骑常侍，因梁孝王好辞赋，所以他就辞官投奔梁王，《子虚赋》就是完成于他在梁国的那个时期。后来，就是经由他同乡的狗监杨得意，让汉武帝读到《子虚赋》，武帝惊赞之余，恨不能生与作者同时。这才召见司马相如，相如当场写出《天子游猎赋》，于是得宠入仕。《文选》所选录的《子虚赋》，是《天子游猎赋》的前半篇，所以有人怀疑另有《子虚赋》。但《子虚赋》是以诸侯畋猎为内容，其主角又同是子虚，本身又自有首尾，这应该就是武帝先前读到的《子虚赋》了。相如借它作为铺叙天子上林畋猎的张本，这还便于烘托比较，以显现天子打猎的壮盛，所以这是技巧的运用。这正如后来的《两都赋》《二京赋》，都可分开为两篇，合起来可成一篇。

《子虚赋》的内容，是说楚国子虚出使齐国，随齐王畋猎之后，见乌有先生，说他对齐王铺叙云梦的博大富饶，及楚王游猎的壮丽雄伟。然后乌有先生加以驳难，话中就有讽谏奢靡的意思。这种借主客对话以铺叙的形式，虽非新创，但这种有意虚构人物，展开辩论，为后来赋家所依仿，成为汉赋的主要模式之一，而他那排比山川、草木、鸟兽、虫鱼、名物的手法，也成为日后赋体的主要特色。《子虚赋》将近一千三百字，辞藻华丽，音节铿锵，文笔灵动，气势恢宏，名物博富，都为后世所推崇。

赋一开始，简短说明缘由，三问三答，推述到乌有先生问畋猎之时，子虚使者如何讲云梦之事。这第四次的回答，才引入畋猎的正文，而其中还有齐王与子虚的对答。所以在问答之中又有问答，这些都是赋端的散文部分。齐王打猎的部分，子虚只是轻描淡写，气势排场固然不小，但比起楚王狩猎，那真是小巫见大巫了。

提到楚有七泽，特小者为云梦，然后铺张其小小者，以让读者想见其更大者，这是后来赋家竞相模仿的口吻。从形容山势，进入赋的主文，是押韵的，不过换韵很自由，常两句或四句用两个韵字，然后就换韵，不像诗通常一章一韵，这是诗赋不同的地方。

别以为汉赋名物的排比，形容词的叠用，只是堆砌而已，它有严整的架构，有排比的仑则，考究气势的呈现、叙述的生动、字句的节奏。从这段云梦地理形势的铺述，就可看出它的架构。先形容山高、次写山土、再写山石。再次分山东、山南、山西、山北，分别铺衍：山东写蕙圃，排比香草名称。山南平原广泽，除形势形容之外，分高燥和埤湿写其植物。山西涌泉清池，分内外写植物和沙白，水中写动物。山北是阴林，先写木本植物的芬芳，再分树上树下写动物。可以说很有规则，又很有变化。气象不同，名物不同，形式也不同。

写山势的形容，先用同义联绵词（盘纡、弗郁）形容山脉的曲折；次用叠韵联绵词（隆崇、嵂崒），形容山势的壮伟，再用双声联绵词（岑崟、参差）形容山峰的挺拔。然后落实，说日月在这儿不是被掩蔽，就是看来残缺。可见这些联绵词运用，很有变化，而且在节奏音律上也非常考究。先是平平入入，押两个（郁、崒）入声韵字，再换阳声韵（岑崟）和阴声韵（参差）的组合，押两个（差、亏）平声韵字。可见他说："合纂组以成文，列锦绣而为质，一经一纬，一宫一商，赋之迹也。"一点也不错，这也就难怪如《西京杂记》所说，他写《子虚赋》用一百天的时间，无分昼夜，如睡如痴了。

这些形容和排比，不只讲求结构形式的美，更讲求内涵的丰富，描写了山的形势之后，写其土石，除考究平仄音律相间之外，还刻意描写色泽的绚烂。东边蕙圃，罗列名卉香草，使人读之如闻其芳香；南边的平原广泽，令人目不暇给，读之如见绿海波涛，西边涌池清泉，一片高雅空灵，读之有沁骨清凉，北边阴林巨木，读之可嗅得自然原始的气息，那枣梨满树，橘柚芬芳，及树上鹓雏孔鸾的飞舞，点显了自然之美，而虎豹狼貙，则为下段格杀猛兽的张本。

接着铺叙楚王在山北阴林打猎，先极力刻画楚王随从车旗和器用，引用很多古代名人或神话人物来形容比拟，壮士以持鱼肠剑刺杀吴王僚的专诸来比喻，骖乘御车的人可就比拟成神话人物了。车舆雕玉，旗帜有鱼须的旒穗，缀着明月珠，雄戟如干将所造，劲箭如夏服氏所用，都是极其豪奢，大多用骈行对偶的句子。接着描述追猎的迅速壮烈，马还缓行有节，没有尽意奔驰，就把那些擅于奔驰的野兽，都撞毙辗压了，何其迅速！弯弓射猎，不是中眼睛，就是射断心脉，何其神奇！禽兽落地如雨，铺满了原野，又何其惨烈！所谓"观壮士之暴怒，与猛兽之恐惧"，把人类血液中遗留的蛮性发挥无遗！写到还活着的兽类，倦极力尽，这种壮烈的场面，当然是齐王之猎所难望其项背的。

写过阳刚之美，接下来是阴柔之美，那就铺叙楚王左右侍女的容饰了。先举阿（细缯）、緆（细布）、纻（细麻）、缟（素绢）、

· *051*

纤罗、雾縠等华贵的衣裳,以三字句并列,然后用四字句形容它的款式。从腰间裙幅的重重折叠,衣纹的密密褰绉,婉曲而多姿。衣裙长垂的美态,以至飘摆的襳带,和衣裳下缘的式样,无不曲尽形容。然后形容衣服合身、体态婀娜的样子,擦拂的声音,而衣襟缀带,飘上飘下,或柔抚地面的兰蕙,或轻拂羽饰的车盖。此外,杂缀着翡翠羽毛的首饰,迎风微扬;缠结玉缀的缨緌,灿烂夺目。容饰奇艳,迎风玉立,为世所罕见的美姿。这一段用很多形貌和声音的形容词,如"扶舆猗靡"是复音节的形容词,而"衯衯裶裶""眇眇忽忽"则是叠字的连用,节奏悠扬。此外,还善用衬托,如用"下靡兰蕙,上拂羽盖",来烘托艳丽华贵,相当高妙。

接着写东边蕙圃猎禽,又到西边的涌泉清池泛舟,另成一段。这一段大量应用三字句,而句法多变化,獠猎既有众女偕行,气势自然不同,所猎者已不是猛兽,而是羽艳肉美的飞禽,翡翠、鵕䴊、白鹄、鵕鹅、鸧鸹、玄鹤,无一不美,无一不驯,排八个三字句中,"揜、射、弋、连"等动词是放在句首,而"出、施、下、加"则置之句末,两两对仗而相间互用,极有变化。

猎禽既倦,又转向西边涌泉清池去荡舟,舟楫帷盖的华贵,那是不用说的。悠游之余,网龟钓贝,又击钲吹箫,还有榜人的棹歌,又是另一番景象。舟楫过处,波涛大作,水中鱼鳖,惊慌逃逸;涌泉腾起,与波涛会合,与众石相击,有如雷霆之声,声闻于数百里之外,声势何其壮大!

罢猎之后,整队南归,到云阳台,心境泰然,宁静无事,和五味而后食。跟齐王车上就食,当然不同,所以在多方面比较之下,得到"齐殆不如"的结论。

最后乌有先生的答辞,可以说是"曲终奏雅"的部分,剀切陈辞,而多铿锵的议论。文分四层,层层剖析,义正词严。先说齐王出猎,不为夸耀自己，而是娱乐左右；再说子虚盛推云梦的不是；然后再盛称齐境之大、物产之多，非云梦所能比；最后归结齐王辞而不复的原因，并不是说不出话来。其中除了盛称齐国的部分，大多押韵之外，其他多用散文而不押韵。其间所表露的思想，是儒家勤政爱民的思想，所举的禹、契诸贤，也是儒家所推崇的人物。"在诸侯之位，不敢言游戏之乐，苑囿之大。"讽喻意义已具备，在形式上，从地形铺排，到狩猎的描写，东南西北四方都很完整而互应，所以它是完整的赋篇，可以与《上林赋》分立。同时，细读《子虚赋》，必为作者才华的杰出、文辞的精巧、运笔的横肆、描摹的细致，以及技巧的卓越所震撼。最终不能不承认：司马相如实为旷世的奇才，不但汉武帝读《子虚赋》，恨不能与此人同时，如今我们细细品味它，也会为不能一睹相如丰采而惋惜！

二、上林赋　　司马相如

　　亡是公听然①而笑曰："楚则失矣，而齐亦未为得也。夫使诸侯纳贡者，非为财帛，所以述职也；

　　"封疆画界者，非为守御，所以禁淫②也。

　　"今齐列为东藩，而外私肃慎，捐③国逾限，越海而田，其于义固未可也。

　　"且二君之论，不务明君臣之义，正诸侯之礼；徒事争

---

① 听然：笑的样子。
② 淫：指放纵、越界。指下文所说的逾限越海。
③ 捐："弃"的意思，即远离职守。

于游戏之乐,苑囿之大。欲以奢侈相胜,荒淫相越,此不可以扬名发誉,而适足以夺①君自损也。

"且夫齐楚之事,又乌足道乎!君未睹乎巨丽也?独不闻天子之上林乎?

"左苍梧②,右西极。

"丹水更其南,紫渊径其北。

"终始灞、浐,出入泾、渭。

"酆、镐、潦、潏,纡余委蛇,经营乎其内。

"荡荡乎八川分流,相背而异态。

"东、西、南、北,驰骛往来。

"出乎椒丘之阙③,行乎洲淤之浦④,经乎桂林之中,过乎泱漭(丫石叩说叩)之壄⑤,汩乎混流⑥,顺阿而下,赴隘陿之口。

"触穹石,激堆埼,沸乎暴怒,汹涌彭湃。

"滭弗宓汩⑦,逼侧泌㴖。

---

① 夺:同"眨"字。
② 苍梧:本是汉代的郡名,在今广西苍梧县,但《上林赋》所说的地名,恐怕不能据实考证,后人为许多地名争论不休,或说夸大不实,或说作者是含天下来说的;不过由汉武帝在长安开凿湖沼,称为昆明来说,上林苑的山丘湖泊,可能都取天下地名而命名,就像台北市有厦门街、迪化街、长春路、桂林路,不须细考。因此凡有问题的地名,我们都不做讨论。
③ 椒丘之阙:椒丘,是山丘名,有两峰对峙,像两个楼观,中央有阙口为通道。
④ 洲淤之浦:依三辅方言,水中可居的洲,称之为淤。浦:水滨。
⑤ 泱漭:广大的样子。
⑥ 汩:急流。混:同"浑",指水势盛大。
⑦ 滭弗:泉涌出的样子。㴖汩:指水道狭窄,流去很疾。此段双声、叠字等词语,大多形容水势和水声,很多都是当时口语的语汇,诵读时生动逼真,但写成文字,则瑰怪难懂,我们将在译述中尽量形容,避免注释,以节省篇幅。

"横流逆折,转腾潎洌,滂濞沆溉。

"穹隆云桡,宛潬胶戾。

"逾波趋浥,莅莅下濑。

"批岩冲拥,奔扬滞沛。

"临坻注壑,瀺灂霣坠。

"沉沉隐隐,砰磅訇磕。

"汨濦漂疾,悠远长怀!

"寂漻无声,肆乎永归!

"然后灝溔潢漾,安翔徐回。

"翯乎滈滈,东注太湖①,衍溢陂池。

"于是乎蛟龙赤螭,鲐䲛渐渐离。

"鰅鰫鳍魠,禺禺魼鳎。

"揵鳍掉尾,振鳞奋翼,处乎深岩。

"鱼鳖讙声,万物众夥。

"明月珠子,的皪江靡。

"蜀石黄碝,水玉磊砢。

"磷磷烂烂,采色澔汗,丛积乎其中。

"鸿鹔鹄鸨,鴐鹅属玉。

"交精旋目,烦鹜庸渠。

"箴疵鸦卢,群浮乎其上。

"汎淫泛滥,随风澹淡。

"与波摇荡,奄薄②水渚。

---

① 太湖:太即大,只是泛指大的湖泊,或说是震泽湖,有的说是上林苑中的昆明池。

② 奄薄:奄,《史记》原作"掩",休息的意思。薄:聚集。

文选：文学的御花园

"唼喋①菁藻，咀嚼菱藕。

"于是乎崇山矗矗，巃嵸崔巍。深林巨木，崭岩嵾嵯②。

"岩陁甄锜，摧崣崛崎。

"振溪通谷，蹇产沟渎。

"谽呀豁閜，阜陵别隝③。

"崴磈嵔廆，丘虚堀礨，隐辚郁垒④。

"登降陁靡，陂池貏豸。

"沇溶淫鬻，散涣夷陆。

"亭皋千里，靡不被筑。

"揜以绿蕙，被以江离。

"糅以蘪芜，杂以留夷。

"布结缕，攒戾莎。

"揭车蘅兰，藁本射干。

"茈姜蘘荷，葴持若荪。

"鲜支黄砾，蒋芧青薠。

"布濩闳泽，延曼太原。

"离靡广衍，应风披靡，吐芳扬烈。

"郁郁菲菲，众香发越。

---

① 唼喋：形容水鸟吃食物的声音，依古音读两字都读入声。
② 崭岩："巉岩"，形容高山险峻的样子。嵾：是参差。赋的文字，因为同形旁的字常常连用，形容什么就加什么偏旁，所以造了新字。也有一部分是后人传抄的时候，给它累加了形旁。所以参差二字，就有山旁，也有艹旁，甚至也有竹旁。这也正是汉赋玮怪字连篇的原因。
③ 隝："岛"。谽、閜：都是大而空的形容词。
④ 崴磈嵔廆，丘虚堀礨，隐辚郁垒：都是两字一义的联绵词，都是形容那些阜陵成为岛，既高峻而崎岖。崴磈：音义同于嵔廆，如今所用的"巍巍"。以下八字四个词，都是地势不平的形容词。

"肸蠁布写,晻薆咇苾①。

"于是乎周览泛观。

"缜纷轧芴②,芒芒恍忽。

"视之无端。

"察之无涯。

"日出东沼,入乎西陂。

"其南则隆冬生长,涌水跃波。

"其兽则猰㺄貘犛,沉牛麈麋。

"赤首圜题,穷奇象犀。

"其北则盛夏含冻裂地,涉水揭河。

"其兽则麒麟角端,騊駼橐驼。

"蛩蛩驒騱,駃騠驴骡。

"于是乎离宫别馆,弥山跨谷。

"高廊四注,重坐曲阁。

"华榱璧珰,辇道䌽属。

"步櫩周流,长途中宿。

"夷嵕筑堂,累台增成,岩突洞房。俯杳眇而无见,仰攀橑而扪天。

"奔星更于闺闼,宛虹拖于楯轩。

---

① 肸:散布。蠁:本是知声虫。布写:是四布。知声虫,知声而反应快,古人说这是灵感通微,在这里用以形容香气四达入人心。所以我们译为沁人心脾。其实也可以说,此虫一鸣而百应,所以说是布写,这里是说一有风就香气四溢,如知声虫传声之快、之多。晻薆:薱䕷。咇苾:祕馞。都是形容芳香之盛的形容词。

② 缜纷:盛多。轧芴:不可分辨。

文选：文学的御花园

"青龙①蚴蟉于东箱，象舆婉僤于西清②。灵圄③燕④于闲馆，偓佺之伦暴于南荣。醴泉涌于清室，通川过于中庭。

"盘石⑤振崖，嵚岩倚倾。

"嵯峨磼嶪，刻削峥嵘。

"玫瑰碧琳，珊瑚丛生。

"珉玉旁唐，玢豳文鳞。

"赤瑕驳荦，杂臿其间。

"晁采琬琰，和氏出焉。

"于是乎卢橘夏熟，黄甘橙楱。

"枇杷橪柿，亭柰厚朴。

"樗枣杨梅，樱桃蒲陶。

"隐夫薁棣，荅沓离支。

"罗乎后宫，列乎北园。

"貤丘陵，下平原。

"扬翠叶，杌紫茎。

"发红华，垂朱荣⑥。

"煌煌扈扈，照曜巨野。

"沙棠栎楮，华枫枰栌。

"留落胥邪，仁频并闾。

"欃檀木兰，豫章女贞。

---

① 青龙：正是《离骚》所谓"驾八龙之蜿蜒"，是为神仙拉车驾的。
② 西清：通常西厢是清静之所。
③ 灵圄：是众仙的称号。
④ 燕：燕居。
⑤ 盘石：磐石。振：修砌整齐的意思。
⑥ 红华、朱荣：都是红花。花为后来的字，原本作"华"，而以木本植物的花称为华，草本植物的花称荣。

"长千仞,大连抱。

"夸条直畅,实叶葰楙。

"攒立丛倚,连卷欐佹。

"崔错①癹骩②,坑衡閜砢。垂条扶疏,落英幡纚。

"纷溶箾蔘,猗狔从风。

"藰莅卉歙,盖象金石之声,管钥之音。

"傑池茈虒③旋还乎后宫。

"杂袭累辑。

"被山缘谷,循阪下隰。

"视之无端,究之无穷。

"于是乎玄猨素雌,蜼玃飞蠝。

"蛭蜩蠗猱,獑胡豰蜼。

"栖息乎其间。

"长啸哀鸣,翩幡互经。

"夭蟜枝格,偃蹇杪颠。

"隃绝梁④,腾殊榛。

"捷垂条,掉希间。

"牢落陆离,烂漫远迁。

"若此者数百千处。

"娱游往来,宫宿馆舍。

"庖厨不徙,后宫不移,百官备具。

---

① 崔错:"璀错",交杂众盛的样子。
② 癹骩:骩,本是骨曲的意思,在这里是形容盘纡纠结的样子。
③ 傑池茈虒:傑池和茈虒,音近义同,即所谓"差池",也就是参差不齐。
④ 隃绝梁:从字面说,是跨越断桥。这里所谓绝梁,是指从这一株到另一株,不相连的枝干,猿猴一下就腾跨而过。

文选：文学的御花园

"于是乎背秋涉冬，天子校猎，乘镂象，六玉虬。拖蜺旌，靡云旗；前皮轩，后道游①。

"孙叔奉辔，卫公参乘；扈从②横行，出乎四校③之中。鼓严簿④，纵猎者。河江为阹。泰山为橹。

"车骑雷起，殷天动地。

"先后陆离，离散别追。

"淫淫裔裔，缘陵流泽，云布雨施。生貔豹，搏豺狼。

"手熊罴，足野羊。

"蒙鹖苏⑤，绔⑥白虎。

"被斑文，跨野马。

"凌三嵕之危，下碛历之坻。

"径峻赴险，越壑厉水。

"椎⑦蜚廉，弄獬豸⑧。

---

① 道游：就是导游。天子车驾前面，有道车五乘，游车九乘，在皮轩车的后面，而不是天子车的后面。

② 扈从："护从"，是说天子的侍卫。

③ 四校：指屯骑校尉、步兵校尉、射声校尉、虎贲校尉，每一校为一队。此指天子的车驾出队，从部曲前面横过，有如检阅。另有一说，是指天子的侍卫散开，横行于四面阑校之外，防止野兽突围逃出。

④ 簿：是卤簿，是指天子车驾，所设羽仪双导，有如今天所谓的仪队。他们很森严，所以说严簿。古代军伍，以击鼓代表进攻的信号。

⑤ 鹖苏：鹖，鸟名，似雉，斗至死都不退却，它的尾羽被人拿来做冠饰，象征勇敢不怕死，汉时都用作武冠，如五官、左右虎贲、羽林中郎将、羽林左右监，都戴鹖冠。苏，是鸟尾。

⑥ 绔："袴"，今所谓"裤"，古所谓虎贲之士，就穿虎纹裤。

⑦ 椎：依《汉书》应作"推"。蜚廉：飞廉，又名龙雀，鸟身鹿头。

⑧ 獬豸：似鹿而一角，古人判争讼，让它触不直之人，说它性识有罪。这可能是权术的运用，它可能近似犀牛，眼力不好，只冲撞动的人影，不直的说谎者心虚想逃，它正好冲向他。这两种动物，赋文说"推""弄"，就有较爱护之意。赋中所提的动物，不一定实有其物，而只是见于《山海经》，或传说中的神话，所以本文注释不逐一考释。

"格虾蛤,铤猛氏。

"羂骡㺉,射封豕。箭不苟害,解脰①陷脑。

"弓不虚发,应声而倒。

"于是乎乘舆弭节徘徊,翱翔往来。睨部曲之进退,览将帅之变态。然后侵淫促节,倏夐远去。

"流离轻禽,蹴履狡兽。

"轊白鹿,捷狡兔。

"轶赤电,遗光耀。

"追怪物,出宇宙。

"弯蕃弱,满白羽。

"射游枭,栎蜚遽。

"择肉而后发②,先中而命处。弦矢分,艺殪仆。

"然后扬节而上浮。

"凌惊风,历骇猋。

"乘虚无,与神俱。

"躏玄鹤,乱昆鸡。

"遒孔鸾,促鵕鸃。

"拂翳鸟,捎凤皇。

"捷鸳鶵,揜焦明。

"道尽途殚,回车而还。消摇乎襄羊。

"降集乎北纮③。

---

① 解脰:颈项,即脖子。今闽南话,上吊自杀,就说"吊脰"。
② 择肉而后发:是说禽兽太多,只能选择性的射获。先中而命处:是说在还没射中之前,先说出要射的部位。前一句是说,要射什么就中什么!后一句是说,要射禽兽的什么部位,就可以射中什么部位。
③ 北纮:依《淮南子》的说法,九州之外有八泽,八泽之外有八纮,北纮叫委羽,那是地的最北端,在此应该是指上林苑的最北端。

"率乎直指,晻乎反乡。蹙石阙,历封峦。

"过鳷鹊,望露寒。

"下棠梨,息宜春。

"西驰宣曲,濯鹢牛首。

"登龙台,掩细柳。

"观士大夫之勤略。

"均猎者之所得获,徒车之所辚轹。

"步骑之所蹂若,人臣之所蹈藉。与其穷极倦䘏,惊惮䙲伏。

"不被创刃而死者,他他籍籍。填坑满谷,掩平弥泽。

"于是乎游戏懈怠。

"置酒乎颢天之台。

"张乐乎胶葛之寓。

"撞千石之钟,立万石之虡。建翠华之旗,树灵鼍之鼓。

"奏陶唐氏之舞,听葛天氏之歌。

"千人唱,万人和。

"山陵为之震动,川谷为之荡波。巴渝宋蔡,淮南干遮。

"文成颠歌。

"族居递奏,金鼓迭起。

"铿枪闛鞈,洞心骇耳。

"荆、吴、郑、卫之声,

"《韶》《濩》《武》《象》之乐,阴淫案衍之音。

"鄢郢缤纷,激楚结风。

"俳优侏儒,狄鞮之倡,

"所以娱耳目,乐心意者,

"丽靡烂漫于前,靡曼美色。

"若夫青琴、宓妃之徒,绝殊离俗。

"妖冶娴都，靓糚刻饰，便嬛绰约。

"柔桡嫚嫚，妩媚孅弱。

"曳独茧之褕绁①，眇阎易以恤削②。

"便姗嫳屑，与俗殊服。

"芬芳沤郁，酷烈淑郁。

"皓齿粲烂，宜笑的皪。

"长眉连娟，微睇绵藐。

"色授魂与，心愉于侧。

"于是酒中乐酣，天子芒然而思，似若有亡，曰：'嗟乎！此大奢侈。朕以览听余闲，无事弃日，顺天道以杀伐，时休息于此；恐后叶靡丽，遂往而不返。非所以为继嗣创业垂统也。'

"于是乎乃解酒罢猎，而命有司曰：'地可垦辟，悉为农郊，以赡萌隶。隤墙填堑，使山泽之人得至焉。

"'实陂池而勿禁，

"'虚宫馆而勿仞。

"'发仓廪以救贫穷、补不足。

"'恤鳏寡，存孤独。

"'出德号，省刑罚，改制度。

"'易服色，革正朔③，

---

① 独茧之褕绁：独茧，是说只用一个茧，表示丝色很纯。褕绁：罩在外面的直襟单衣。

② 阎易：衣长的样子。恤削：《子虚赋》的戌削，整齐如刀切割。赋家好用新字，而字无定检，可见一斑。

③ 易服色，革正朔：古人相信金、木、水、火、土五行，相克相生，朝代的换替，正好相应，改朝换代，就要换所崇尚的服色。服色是指车和马所崇尚的正色，如夏尚黑，殷尚白，周尚赤，汉代尚黄；历法也要改变。所谓革正朔，朔是每月初一，正是指每岁岁首正月，依古人之说，各代历法不同，有建子、建丑、建寅，以哪一月为岁首，也要改变。这思想正是汉代儒者所提倡。

· 063 ·

文选：文学的御花园

"'与天下为更始。'

"于是历吉日以斋戒。

"袭朝服,乘法驾①。

"建华旗,鸣玉鸾,

"游于六艺之囿②,驰骛乎仁义之涂。

"览观《春秋》之林③,射《狸首》,兼《驺虞》④。弋《玄鹤》,舞《干戚》⑤,载云䍐,掩群雅⑥。悲伐檀,乐乐胥。

"修容乎礼园,翱翔乎书圃。

"述易道,放怪兽。

"登明堂,坐清庙。

"次群臣,奏得失。

"四海之内,靡不受获。

"于斯之时,天下大说,乡风而听,随流而化。

"㶷然兴道而迁义。

---

① 法驾:天子车驾分大驾、法驾、小驾。西汉时大驾用于大祭,由太仆御车,大将军骖乘,属车八十一乘。法驾由奉车郎御车。侍中骖乘,属车四十六乘。小驾最省,有时只有直事尚书一人从驾。

② 游于六艺之囿:这里是以六经形容成园苑,不再去打禽兽,而是涉猎六经,所以下面大多用经典上的名目,这是说天子从此将闲暇用在《诗》《书》《易》《礼》《乐》《春秋》之上。

③ 《春秋》之林:《春秋》是孔子所作,义理繁茂,所以称林。

④ 射《狸首》,兼《驺虞》:这都是双关语,从字面上看,狸和驺虞都是野兽的名称,而《狸首》是古代佚诗之一,是诸侯行射礼时所奏;《驺虞》是《诗经·召南》中的一篇,天子行射礼时所奏。所以字面是射猎之事,而实际上是说修射礼之事。

⑤ 弋《玄鹤》,舞《干戚》:这也是双关语。玄鹤是禽名,也是古乐名。干戚,是兵器,也是古舞名。所以字面是射禽鸟,挥动兵器,也是指他们在讲求舜时的古舞古乐。

⑥ 载云䍐,掩群雅:仍是双关语。云䍐是张于空中的捕鸟网罗,也是天子出行时前驱者所举的旌旗。群雅可指乌鸦,也指天下文雅之士,所以字面是张网捕乌鸦,实指天子出行访求贤俊文雅之士。

"刑错而不用,德隆于三王,而功羡于五帝。

"若此,故猎乃可喜也。

"若夫终日驰骋,劳神苦形。

"费府库之财,而无德厚之恩。

"务在独乐,不顾众庶。

"忘国家之政,贪雉兔之获。

"则仁者不繇也。

"从此观之,齐楚之事,岂不哀哉?

"地方不过千里而囿居九百。

"是草木不得垦辟,而人无所食也。

"夫以诸侯之细,而乐万乘之侈。

"仆恐百姓被其尤也。"

于是二子愀然改容,超若自失。逡巡避席。曰:"鄙人固陋,不知忌讳,乃今日见教,谨受命矣。"

【语译】

亡是公笑着说:"楚国固然不对,齐国也未必对呀!天子要诸侯朝见纳贡,并不是为了要那些财物布帛,而是为了陈述政事处理的情形,天子规定诸侯的地界,也不是防御土地,而是为了杜绝放纵越界到处乱跑。而今齐国是东边的藩国,却私自与肃慎国来往,离开本土,越过地界,渡过海洋去打猎,这就诸侯的职责本分来说,是不应该的。况且两位所说的,并不在阐明君臣相待的道理,也不在端正诸侯行事的礼仪,却徒然争夸游戏的乐趣。苑囿的广大,想以奢侈相互争胜,以荒淫相互夸耀,这样不但不能显扬名声、提高荣誉,而正足以贬抑国君又自损身份。况且齐国和楚国的事物,又

文选：文学的御花园

哪里值得称道呢！各位大概还没见识过真正的广大和华丽吧？难道没听过天子的上林苑吗？

"它东边到苍梧，西边到西极，丹水流过它的南方，紫渊流过它的北方，灞、浐二水，整条河流都在苑内（因为都流入渭水），泾、渭二水，则从苑外流入，又从苑内流出。还有酆、镐、潦、潏四条河流，宛转曲折地分布在苑内，八条河川从不同的方向流来，有不同的水势形貌，在东西南北四方奔流往来。流出椒丘中对峙的岩阙，流过沉积成洲的水边；经过了桂树的丛林，越过了广大的原野。湍急的巨流，顺着高丘大陵奔驰而下，挤到狭隘的水口，冲击着大石，激荡在沙堆曲岸。沸腾的怒潮，汹涌澎湃，像泉涌的水流，又向窄道急流而去。惊涌的疾流，相击有声。冲激的回流，潎洌（piē liè）作响，水势澎湃翻腾，忽穹然而上隆，回旋如云而低曲。蜿蜒盘旋，纠缠萦绕的水流，后面的波涛叠越过前面的波涛，奔向渊池，疾流于沙滩石碛之上，冲击着岩石的崖岸和曲堤，奔腾沸扬的水，在岩石边稍作回流停顿，就又沛然向下流去。到了高坻流注深壑时，水势稍缓，发出潺潺的声音向下坠落。壑里的水，是那么深沉！那么壮盛！那里发出乒乓隆隆的巨响，涌出的波涛如同在鼎中滚沸翻腾，水波急驰，水沫跃起，在那儿急转！在那儿疾漂！汇入悠悠长流之中，安静无声，顺流长往！那浩浩荡荡的水流，缓缓流转，跃动着白色的水光，向东边注入大湖，而且旁溢于附近的小湖沼之中。

"在这水中有蛟龙、赤螭、䲉䱀、渐离、鲖、䱱、鲵、魠、鲅、鳎，各种鱼类动物，都扬举着脊鳍、摆动着尾，振动着鳞，奋动着胸鳍，潜居在深渊的岩石之中，那儿有鱼鳖之声喧哗，太多的东西都在那里。明月珠和蚌内的小珠，光彩照耀在江边，次于玉的蜀石、黄色的硬石，还有那水晶石，堆垒那么多，它们色泽灿烂，光彩耀目，丛积在水中。鸿、鹔、鹄、鸨、驾鹅、属玉、䴔鸡、旋目、烦鹜、庸渠、箴疵、䴔䴖,群集而浮游于水面。它们随波逐流,随风摇荡,摇摇晃晃,有的依草渚而游戏,有的衔啄着青藻,有的咀嚼着菱藕。

"在这里高山矗立,隆崇巍峨。山上有茂密的森林、巨大的树木,还有参差不齐的山岩峻石。九嵕山崇高险峻,终南山巍峨壮观,险峻倾斜,像甗(yǎn)那样地凸出陡斜,像锜那样地嵌空玲珑。山势崔嵬,山径崎岖。因山石而有蓄水的山坳,也有川流灌注的山谷。沟渎溪谷,曲折相通,豁然开阔处,水中就有小丘大陵,个别成为岛屿。巍巍高峻,盘屈堆累而崎岖。山势高下倾斜,越往下越平坦;水势也逐渐趋缓慢流。水边陆地,有千里之广,无一处不平坦如夷。这里铺着绿色的蕙草,披盖了茳蓠,杂生着蘼芜和留夷,散布着结缕草,丛聚着深绿的莎草。其他还有揭车、蘅兰、槁本、射干、紫姜、蘘荷、葴持、杜若、荪、鲜支、黄砾、蒋、苎、青薠,遍布在这广大的沼泽,蔓延在这辽阔的平原。绵延广布,随风披靡,散发出浓烈的芳香。郁郁菲菲的香气四溢,沁人心脾,是那么浓郁那么芬芳!

"在这儿四处浏览观望,景物众多壮盛,美不胜收,而让人眼花缭乱,一眼望去,是广大无边,仔细端详,还是辽阔无际。太阳从东边的沼泽升起,从西边的陂池沉没,它的南方,在严冬时草木也能生长,河水永不结冰,兽类有獐牛、旄牛、牦牛、貊、水牛、麈鹿、麋鹿、赤首、圆蹄、穷奇、大象、犀牛。它的北方,则在最热的夏天,仍然冰天雪地,渡河都只要揭衣就可以在冰块上走过去。兽类有麒麟、角端、騊駼、骆驼、蛩蛩、驿骒、駃騠、驴、骡。

"在这儿离宫和别馆,布满了山头,跨越了河谷,有高高的回廊向四方通连,层层的高楼,曲折相连的亭阁,雕花的屋椽、玉饰的瓦当,有辇车的阁道迤逦连属,有步行的长廊可周行流连,走一天也走不完。将山的高处夷平,建筑起层层的楼台,深邃的洞房,往下俯视渺不见地面,攀上屋椽,就可以摸到青天,流星从小门飞过,

文选：文学的御花园

弯曲的彩虹横跨在轩窗的槛栏上。替神仙拉车的青龙，蜿蜒在东厢，而神仙所乘的象舆，则蜿蜒在清静的西厢。群仙闲居在幽雅的馆舍，像值侳那些仙人则卧在南檐下晒太阳。甘泉从清室中涌出，流水从中庭穿过。磐石修砌整齐的崖岸，在低处是那么深险倚斜，在高处是那么嵯峨高危。磐石的纹深而锋棱，形状峥嵘如经人工雕刻劈削。其中有玫瑰、碧琳、珊瑚，聚集丛生，珉玉和文石，纹理斑然如鱼鳞的排比；赤色的玉，色彩斑驳不纯，错综夹杂在崖石之间，夜光璧、琬琰大璧、和氏璧，如今都在这里了。

"在这里有夏天成熟的卢橘，还有黄柑、橙、榛、樾、柿、棠梨、柰、厚朴、梬枣、杨梅、樱桃、葡萄、隐夫、薁棣、榙樑、荔枝，都罗列在后宫，种植在北园。绵延到丘陵，下达于平原，摆动着青翠的绿叶，摇曳着紫色的枝茎，盛开着红花，垂放着朱荣。光彩艳丽，照耀着广大的原野。沙棠、栎、槠、桦、枫、银杏、黄栌、留落、椰子、槟榔、棕榈、槐檀、木兰、豫章、女贞，有千仞之高，有数人合抱之大。花和枝条都长得开展舒畅，果实和叶子都长得硕大茂盛。这些树木或聚立一处，或丛簇而相倚，它的枝干或相交相附而生，或交叉再又相背而长。众多交错，盘错纠结，曲直相抗而争衡，挺拔高长而横出，垂条扶疏四布，落英缤纷满地。繁盛茂密的树木，随风婀娜招展，风入森林，发出声音，有如钟磬撞击之声，管钥吹奏之音。树木参差不齐高高环绕着后宫成长。林木重叠茂密，漫山遍野，沿溪谷而生，更顺着山坡下达低湿的平地，一眼望去，没有边际，仔细查看，还是不见尽处。

"在这儿有黑色的雄猿，白色的雌猿，以及蜼、玃、飞蠝、蛭蜩、蠷猱、獑胡、豰、蜿等不同品类的动物，都栖息在里面，有的长啸，有的哀鸣，矫捷灵巧地攀过来、越过去，在枝柯上腾跃嬉戏，在树梢上蹲伏倒悬。跳跃于丛木之间，接垂下的枝条，而掷身于枝叶稀疏的空隙,或聚或散,一下子都离开到远处去了。像这样的地方,可有数千百处,可供欢娱往来,有离宫可以住宿,有别馆可以休息。各处都有庖厨,不必搬来搬去;各处都有后宫侍女,不必调来调去,甚至侍卫百官之属也都具备,不必迁来迁去。

"在这儿到秋末冬初的时候,就并连树木为围栏,以阻止禽兽,便于天子来猎取。天子乘着用象牙镶镂的车乘,驾着形似玉虬的六马,曳着析羽毛染以五彩,有似虹霓之气的旌,斜着画熊虎有如云气的旗。有蒙虎皮为饰的前驱车开道,紧跟着就是前导车卫护。有如古代善驾御的孙叔那样的人,持着缰辔,有如卫公那样的人骖驾车乘,护从着天子的车驾,越出四校的行列。森严的仪队卫队中传出了鼓声,狩猎的队伍随即纵恣奔驰。有如长江、黄河的溪流,作为天然的遮兽围阵;有如泰山的高峰,作为天然的望楼。车骑的声音,如雷霆大作,震天动地,车骑卒徒,先后散开,各自追逐着猎物。队伍一波一波,不绝如缕,沿着山陵进攻,顺着山泽前进,车骑卒徒满山遍野,就像乌云密布天空,大雨倾泻大地。他们活捉貔豹,搏杀豺狼,手击熊罴,脚踩羚羊。另外有头戴鹖羽冠、穿着白虎图案的裤子、身披虎纹单衣、跨着骏捷野马的勇士,登上层层迭起的高峰,下达砂石的山阺,奔驰于险峻之径,跃过涧壑,涉过河水。推倒那鸟身鹿头的飞廉,作弄那似鹿而单角的獬豸。格杀虾蛤,用短矛刺死猛兽。套绳系捕像骏枭那样的骏马,射杀大猪,没有一箭不中要害,射破了颈子,射陷了脑袋,没有一弓一箭是虚发不中的,野兽都应声而倒。

"这时,天子乘着车舆缓缓徘徊,周旋往来,视察士卒的进退变化,细察将帅的指挥神情。然后逐渐加快,倏然进入射猎的苑中,轻快的飞禽都无所逃避,矫捷的野兽也逃不掉它的践踏。用车轴的端头去碰触白鹿,疾取那狡兔,速度之快,超越了电光石火,把光耀都抛在身后。追捕珍怪之物，超出宇宙之外。牵引着夏后氏的良弓，搭白羽的箭，把弓弦拉满，箭镞尽纳于弓把之内，射游动不定的狒狒，击鹿头龙身的飞遽。都先说要射什么禽兽，就射中什么禽兽，先指明要射什么部位，就射中什么部位。箭刚从弦上离开，禽兽就像箭靶一样被射中而倒毙。然后天子的车乘，扬举着旄节往上腾游，风驰电掣，宛如升天，与神仙同在一起。踩了黑鹤，扰了昆鸡，驱了孔鸾，迫了骏䴊，拂赶了鹭鸟，竿驱了凤皇，捷取了鹓雏，掩捕了焦明，当道尽途穷，才引车而回。姑且徜徉逍遥，渐渐下来停留极北的地方，一直顺着来时的路往回走，然后踏上石阙观，经过封峦观，再过鸤鹊观，望向露寒观，下抵棠梨宫，止息在宜春宫。西边驰往宣曲宫，划盘行舟于牛首池上。登上龙台观，游息于细柳宫。观看士大夫们的辛勤获得，公平分配猎者所获得的禽兽，还有那些卒徒和车马所凌轹辗轧的、步骑所践倒的、大臣所踩过的，以及那些疲惫困服的、惊吓慑伏的，甚至不受矢刃之伤就吓死的。躯体纵横交错，填满了坑坎，堆满了山谷，掩蔽了广大的平原，叠满辽阔的大泽。

"这时，天子以比较松弛的精神来娱乐，在高接天宇的昊天之台，设置了酒席；在寥廓空旷之处，陈设了乐器。撞击着千石重的巨钟，架立在万石重的钟架上，高举着翠羽为葆的旗子，架立灵鼍皮制成的鼓，弹奏着唐尧所制定的《咸池》舞乐，聆听着葛天氏操牛尾的《八阕歌》。千人齐唱，万人和声，山陵被歌声震动，川谷被激成大波。巴、渝的舞曲，宋、蔡的讴歌，淮南的《干遮曲》，文成、滇池的歌谣，同时并举，轮番演奏，金鼓之声此起彼落。铿锵的钟声，阗鞈的鼓声，震人耳膜，动魄惊心。荆、吴、郑、卫的歌声，《韶》《濩》《武》《象》的音乐，浪漫放纵的乐曲，鄢、郢等楚地的缤纷舞姿，配合着激切昂扬、余音袅袅的楚歌。那些逗趣的俳优、侏儒,以及西戎狄鞮的女乐,凡是能娱人耳目、愉悦心神的享受,都具备齐全。柔丽烂漫的音乐陈奏于前,细致美曼的美女罗列在后。就像古代仙女青琴、洛神宓妃那样的女子,绝世无双。姿质美好雅丽,以粉黛精心妆扮,容貌巧丽,风姿绰约。身材柔弱而苗条多姿,举止妩媚而体态婀娜,拖着丝色纯粹的衣罩长衫,衣边轻曳在地上,平整齐挺如削,步履轻盈,婆娑生姿,举世无匹。散发着沉郁的芬芳,清湛浓郁。明洁的皓齿,动人的笑貌,弯曲细长的眉毛,含情脉脉的秋波,令人见色魂销,倾倒而难以自持。

"这时正饮酒酣畅,音乐也正奏得欢欣鼓舞,天子却怅然沉思,而若有所失,说:'唉!这实在是太奢侈了!我因听政的余暇,无事消遣,所以顺天道变化,在这肃杀气象的秋天,到上林苑杀禽兽以顺应天时,并在此休息作乐,但又恐后世的子孙更趋于靡丽奢华,迷恋享受,难以回头,这绝不是承受先人创业和垂示后世楷模的行为。'于是撤去酒席,停止狩猎,命令各部门的官吏,说:'凡是可以开垦的土地,全部开发为农地,提供给农民百姓。把苑囿的墙推倒,把阻人进入的天堑河道填平,使在山泽讨生活的人,都可以到这儿来。在陂池中养满了鱼鳖,而不禁止人来垂钓。裁撤宫馆的人员,而不再设置。发放仓廪中的粮食,以赈济贫穷,补充不足。更要抚恤鳏寡之人,保护孤独的人,发布德政,减轻刑罚,改革制度,变更崇尚的车马服色,改变历法,让天下人一新耳目,作为新的开始。'

"于是选择了吉日斋戒一番,穿着朝服,乘着法驾,树起华旗,鸣动玉鸾,游猎于六艺的苑囿,驰骋在仁义的大道,观览着《春秋》的林薮,射猎《狸首》,兼及《驺虞》,弋射《玄鹤》,挥动《干戚》,张设起捕鸟的云罦,掩捕群鸦。同情《诗经·伐檀》贤才不遇明主的喟叹,欣愉《诗经·桑扈》"君子乐胥",贤才在位的欢悦。在《礼》园中修饰容仪,在《书》圃中悠游自得,讲述絜静微妙的《易》

道。在苑中为奇禽怪兽放生。登上见诸侯的明堂，坐在太庙的太室，让群臣依次奏报得失，四海之内没有不受到恩泽的。在这个时候，天下民心大悦，听从天子的旨意，随着风气接受教化，大家都立志子仁义之道，走上仁义之途。于是刑罚弃置而不用，天子之德比三皇还高，天子的功业比五帝还要伟大，这种狩猎才真正可喜。

"至于终日在原野上驰骋，劳其精神，苦其形躯，耗尽车马的功能，损伤士卒的精力，浪费府库的资财，而没有使百姓蒙受德泽恩惠，只图自己独自享乐，不顾人民的疾苦。贪图一雉一兔的猎获，忘怀国家的政事，这不是一个仁者所愿做的。由这些看来，你们所说齐君和楚君的事情，岂不是很可悲吗？他们拥有不过千里之地，而打猎的苑囿，竟然有九百里，因此土地都不能开辟垦殖，而人民也就没得吃了，况且以诸侯卑微的地位，而竟享受连天子都认为奢侈的事，还引以为乐，我怕百姓都会遭殃呢！"

这时两位先生愀然变了脸色，怅然若有所失，向后退了几步，离开了座席，说："我们粗鄙的人，眼界狭隘，见识浅陋，不知忌惮，信口乱说，今天蒙您这番教训，一定谨记在心。"

【赏析】

《上林赋》是《子虚赋》的续篇，但内容的淹博、技巧的高妙、气势的凌迈，则远胜《子虚赋》。我们甚至可以说：《子虚赋》只是为《上林赋》揭开序幕而已。

《上林赋》主要是借"亡是公"这虚设的角色，铺陈天子上林苑的壮丽，和天子射猎的盛况，歌颂大一统帝王的气魄和声威，并借以陈述汉儒的政治主张，讽谏汉武帝狩猎的奢侈。

第一段是亡是公指责子虚和乌有先生的话都有缺失，并作为铺陈天子游猎的张本。不过，在这里指责乌有先生"争于游戏之乐，苑囿之大，欲以奢侈相胜，荒淫相越"是不公平的。因为乌有先生早已责怪子虚"奢言淫乐，而显侈靡"。并且还说："在诸侯之位，不敢言游戏之乐，苑囿之大。"与亡是公的立论并没有差异，亡是公凭什么这样指责？如果说乌有先生称赞齐国："吞若云梦者八九于其胸中，曾不蒂芥"，还说"异方殊类"不可胜记，就是所谓的奢侈相胜，那么亡是公以下铺叙上林游猎，更为奢侈。从这里似乎可以看到：《上林赋》是后来去衔接《子虚赋》加以缝合的痕迹。

　　第二段是写上林苑的流水。先为上林苑划界，因八川流经其地，巧妙列出八川的源头和流域，简介上林的形势，有椒丘、洲浦、桂林及汎滞之野，然后将水的形貌、姿态、声音，以及一切变化，曲尽形容。形容水的奔涌，除了用奔扬、转腾、鼎沸、暴怒之外，还用彭湃、滂濞、潭弗、沉溦等双声复音词；汹涌、逼侧、澔溔等叠韵复音词，以及濡濡、湢湢等叠字形容词。形容水流疾速，除用漂疾、驰波等形容外，也用宓汩、滞沛等叠韵复音词和潝潝的叠字形容词。形容水流的声音，则有泌瀄、沛洌等叠韵复音词，和瀺灂、砰磅等双声复音词。此外，以穹隆、云桡，形容水的高起和低徊；以宛潬、胶戾，形容水势的萦绕；以灏溔、潢漾，形容水流的广远；滈滈形容水流的浩大。这些大多是当时活生生的口语语汇，诵读于口舌之间，既生动又浅显，但写成文字，就瑰怪难知了。有些语词，是前人所没有用过的，也有是司马相如改字变用的，这里很可以看出赋家"莫取旧辞"的创新精神。这一段将流水"触穹石，激堆埼""逾波趋浥""批岩冲拥""临坻注壑"的样子，逐一描写，虽没有尼加拉瀑布的雄奇壮阔，但只要透过他的文字，运用我们的想象，去和作者神合，便会痴迷沉醉，令人洗尽俗虑，复得空灵。更令人觉得：

以前感受到或看到而难以形容的,他都描写出来了,另外还有好多可爱的景象,以前竟没有能体察和欣赏。读了它,才使我们更知水、乐水,这是诗词所难以表达的情境。

第三段是铺叙水中鱼类、水面上的鸟类,和水底的石、土,乍看之下,似乎是太多名物的堆砌,但他能在名词排比之间,分类归结,又运用形容词和动词,穿插其间,使它整个生动活化起来。蛟龙以下四句十六字,是名词的堆累,但"揵鳍掉尾,振鳞奋翼"的动态形容,使那些水鱼类都不是幻灯片,而是活动的影片。从"鱼鳖讙声"说到"万物众夥",就转入土石的形容。从明月珠子以下有三句十二字,又为矿土水石的名词,但色泽是经过刻意选择调配的,"磷磷烂烂,采色澔汗"的形容,乍现光彩耀目,目不暇给。鸿鹄以下五句二十字,是水鸟的名称,所谓"群浮乎其上",然后又是动态的形容,一幕水禽嬉戏景象,生趣盎然。

第四段是描写上林苑的山溪,和山溪所生的草木。先形容山势,形容它的险峻参差,为了避免同一词汇的重复使用,字形偏旁就有所增减,如"摧崣"和"崔巍"的变化,"崴瑰"和"崀鹿"的互见。其次形容蓄水的山溪和流水的山谷,曲折而空旷,阜陵居于水中,各别成为岛屿,从上游形势,形容到下游的香花异卉,然后借随风披靡的描述,益之以芳香的形容,推衍铺写,妙然天成。

第五段写苑中景物,详述兽类,为以下畋猎的张本,述其四界,非常夸大,"日出东沼,入乎西陂",南边终年不结冰,北边四季结冰,直以天下四海为界,南北之兽,集古今见闻,沙漠的骆驼,西南边境的牦牛,固然上榜,连麒麟、角端,也都列名其中。

第六段写苑中离宫阁道、台观及珍宝之多,先形容满山的离宫别馆,写其高奇幽深宏伟,列神仙于其中,直比仙境。然后以醴泉过处,顺流形容其玉石,转折之间,如行云流水,了无堆砌的痕迹,诚为高手。

　　第七段形容离宫周围树木之畅茂。树木大致分两类，前一类是果实甜美可食的，后一类是没有可采食的，各类都以三十二字排比树木的名称，然后形容它的生态。前一类偏重点染它的色泽，所谓"扬翠叶，杌紫茎，发红华，垂朱荣"，在翠、紫、红、朱相映之下，当然是"煌煌扈扈，照曜巨野"。后一类侧重在俊茂美态的形容，描写枝干花实之姿，随风摇曳时的姿态和声响，都用联绵词曲尽形容。

　　第八段写树林中猿兽之多，又总结离宫之多且盛。所列之兽，都是攀缘在树上的，所以描摹的是偏重其矫捷灵巧。总结离宫别馆，说有如此者，多达数百千处，还说庖厨、后宫、百官之属，都自具而不必移徙，这种乘以千百倍让人想象，真是漫无涯际。

　　第九段叙述天子检阅各部曲将帅校猎的情形。上林苑校猎到这一段才真正展开，先写天子仪队、卫队的壮盛，然后分两方面描绘，先写各部徒众的校猎，以人数众多、场面浩大取胜，再写羽林虎贲之士的追猎，则以惊险见长。天子所乘用的，自然不同凡响，以象牙镶镂车乘，玉虬六马拉引，有霓旌云旗飘扬，前有蒙虎皮的前驱车、开道车，天子越出行列检阅，那是紧锣密鼓的阶段。一声令下，猎者四出，车声如雷，惊天动地，队伍一波又一波，沿山陵、顺川泽，漫山遍野，如云之四布、雨之下施。生搏貔豹豺狼，手击熊罴羚羊，其场面之浩大，为当今以场面取胜的电影所难以比拟，但赋文却透过读者的想象，有不同的极限。接着写虎贲之士的勇猛，在山野奔驰，赴险径、越壑涉水，对野兽有逗趣的推弄，有惨烈的格杀，弓无虚弓，皆中要害，射破颈子，射陷脑袋，这也是运用特殊效果拍摄的今日电影所难以摄制的。

　　第十段写天子亲自射猎，以及回来将猎物分配给参加校猎的人。天子射猎的铺张夸大，当然到达了极点，形容驱车的迅速，竟说超越光速，追猎物之远，竟说到宇宙之外，形容射猎的功夫，更是猛、狠、准。这一段追猎也分走兽和飞禽两小段，分别铺叙。

返程的叙述，安排了苑中的宫观台池，尽入赋中。写到分配猎物，不举兽名，而分叙其来源，一方面避免兽名的重出，另一方面也显示追猎的壮烈。写那些筋疲力尽，惊吓过度，没有刀箭之伤而死的禽兽，就满山满谷，掩蔽平原，叠满大泽，将声势的壮大，围剿的惨烈，写得淋漓尽致。

第十一段写天子置酒设乐为余兴节目。地点是最高大、最广阔的；乐器是最大、最贵重的。乐声引得"千人唱、万人和，山陵为之震动，川谷为之荡波"，多么壮盛！这时，中原夷狄之乐递奏，淫衍雅正之音杂陈，所以有惊心动魄的铿锵之声，有阴淫案衍之音，又有激切昂扬之调。唱功杂耍，俳优侏儒，更有狄鞮女乐，真是极尽耳目声色之娱。至于侍酒的女子，就其容貌、体态、气质、服饰、气息，多方描述，尤其将皓齿笑貌，蛾眉秋波，逐一刻画，将她们一颦一笑，神情意态，显现于前。其仪态万千，风姿绰约，就不是《子虚赋》楚王身边的郑女曼姬所能比拟的。

第十二段写天子有励精图治的决心，戒除奢侈，崇尚勤俭，这是辞赋所谓"曲终奏雅"的开始，由此段可看出作者的思想。他首先为天子校猎奢泰，寻找一个冠冕堂皇的理由——以览听余闲，无事弃日，顺天道以杀伐。但不能没有顾忌，因恐后世乐此不疲，所以非继嗣创业垂统之道，于是实行孟子所谓"与民同乐"的仁政。不过在诸多仁政中，提到"易服色，革正朔"，就可见到汉儒思想中，受到邹衍"五德终始论"影响的部分。司马相如借天子自己感悟而命有司，这是讽谏之所在。

第十三段是承上段罢猎改制，兴于道、迁于义，而以射猎为比喻，实际上是指修文教、兴礼乐的事。"艺"本是种植的意思，六艺的名称，正是种植意义的引申，所以用六艺为囿名，仁者爱人，义者行之所宜。孟子说"义者，天下之大道"，仁义是为人行事的正途，所以赋文说："驰骛乎仁义之涂。"《春秋》义理繁茂，所以用林薮比拟，然后妙用双关语，字面上都说的是射猎，实质上都是讲文教礼乐。司马相如截取经典篇目，言其讲求礼乐、访求贤能，以代游猎的娱乐，措辞布叙之巧妙，见其匠心独运而浑妙天成。天子不再狩猎而专理国政，海内百姓，受其恩泽，所谓"靡不受获"的"获"，又是双关语，本来是指猎获，在此又借喻获得恩泽。因汉武帝尊儒术，立五经博士，所以借此颂扬，而引入下一段的讽谏警诫。

第十四段专讲驰骋狩猎之害，并批评齐、楚狩猎，是"务在独乐，不顾众庶"，强调孟子"独乐乐，不如众乐乐"的主张。虽责齐、楚，其实这箭头未尝不是针对武帝，但用此诡谲的讽谏，确是可达到"闻之者足戒，言之者无罪"的效果。

第十五段以子虚和乌有先生，自知有所失，以求前后呼应作结，贯为一篇。

综观《上林赋》，也可大分为起承转合。双贬齐、楚，提出上林的第一段是起，叙述上林苑的二至八段是承；叙述校猎的九至十一段是转；最后称天子悔悟以示讽谏是结。层次井然，而各有擅胜。不但驰骋神思设景布阵，显得虚渺阔达，而且浩气内转，精光外溢，得阳刚之美。虽然繁类以成艳，但能化堆砌之迹于无形，难怪此二赋，被奉为汉赋之圭臬。

《子虚赋》借子虚以夸楚；《上林赋》借亡是公来推崇上林。题材和铺叙的顺序，大致相同，都是先夸称环境，从山川形势、草木森林、鸟兽虫鱼，铺叙之后，就写狩猎车马，围捕追杀，然后以音乐美女随之。但天子的上林苑，势必要压倒楚国的云梦，而云梦又不能过于平凡，其中的分际，正是高度技巧之所在。

文选：文学的御花园

首先我们看提头语和接头语词的运用：《子虚赋》用并列的"其"十三次，"于是"五次，"于是乎"一次。而《上林赋》用"其"只四次，"于是"三次，层转的"于是乎"十次，其外还用"于斯""然后""与其""从此观之"，所以较有变化，而文理气势，也就显得自然活泼而连贯。

其次我们看词的运用：《子虚赋》有较多的名词排比，《上林赋》用较多的动态形容，更大量使用双声或叠韵的复音词，在名词排比之后，加以小结，然后以动态点染。

再从排场气势来说，也有其高下，校猎场面的大小，固然显而易见，乐器的气派、歌唱的声势，都有不同。上林苑张乐，可比为最盛大的康乐晚会，而云梦榜歌，则只是摇橹于溪流中引吭高歌。至于女色，《子虚赋》虽极力描摹，但还是预留余地，止于服饰，所以虽"若神仙之髣髴"，又极尽华贵，但如百货公司橱窗内的模特儿，穿戴艳丽豪华，气派非凡而已，但在《上林赋》所写的，则是活生生的绝色美女，穿貌衣着，皓齿笑貌，眉目神情，都在刻画之列。

就讽谏的部分来说，《子虚赋》只是消极的批评和谏止，《上林赋》就做了积极的引导，借天子自觉而命有司，加以发挥，借颂扬而引入正道，以申明讽谏的旨趣，这自然又是技高一筹。

《上林赋》处处压倒《子虚赋》，一方面表示天子毕竟不同凡响，另方面也因《上林赋》后来再献上去的，务必要后出转精，才能得到武帝的赏识。但《子虚赋》也不能低劣，于是《上林赋》就以技巧取胜、以气势凌越、以衍博见长，所以后人才有"子虚紧峭，上林衍博"的批评。

《子虚赋》和《上林赋》，最为人所称道的，恐怕还是气势的壮盛，张廉卿比拟它："如大海回风，洪涛隐起，万里俱动，使人目眩而神悦。"胡韫玉更称誉它："譬之长江巨河,大波推银,细沫喷雪,心骇目惊,莫可名状,千里一曲,自成波澜。"读者不妨仔细品味。

《上林赋》奏献之后,司马相如再入仕途,还立下事功,他的文名为之大噪,汉赋体式为之奠立。后来扬雄的《羽猎赋》,以至班固的《两都赋》、张衡的《二京赋》,全都跳不出它的窠臼,于是和《楚辞》分途,自立门户,独称"汉赋",对中国文学史的影响巨大而深远,所以无疑是一篇划时代的巨作。

三、登楼赋　王粲

登兹楼以四望兮,聊暇日以销忧。
览斯宇之所处兮,实显敞①而寡仇②。
挟清漳③之通浦④兮,
倚曲沮⑤之长洲。
背坟衍⑥之广陆兮,
临皋隰(xí)⑦之沃流。

---

① 显敞:明朗宽阔。
② 仇:匹敌。不相上下,可以相比的。
③ 漳:水名,源出湖北南漳县西南,东南流经当阳,注入长江。
④ 浦:大河流有小口别通其他的河流叫浦。
⑤ 沮:水名,与漳水合,东南流经当阳,入于长江。
⑥ 坟:高;衍:平坦。
⑦ 皋隰:水岸低湿的地方。皋:水旁地。隰:低洼的地方。

北弥陶牧①,

西接昭丘②。

华实蔽野,

黍稷盈畴。

虽信美而非吾土兮,曾何足以少留!

遭纷浊而迁逝兮,漫逾纪以迄今。

情眷眷③而怀归兮,孰忧思之可任!

凭轩槛以遥望兮,

向北风而开襟。

平原远而极目④兮,蔽荆山⑤之高岑⑥。

路逶迤(wēi yí)⑦而修⑧迥兮,川既漾⑨而济深。

悲旧乡之壅隔兮,涕横坠而弗禁。

昔尼父⑩之在陈兮,有"归欤"之叹音。

钟仪⑪幽而楚奏兮,

庄舄(xì)⑫显而越吟。

人情同于怀土兮,岂穷达而异心!

---

① 陶牧:陶指陶朱公,即越国范蠡,或说牧是坟墓,但依《地理志》,陶朱公墓在荆州,在此楼的南面,所以牧取"郊外"的意思。
② 昭丘:指楚昭王的墓,在当阳东南七十里。
③ 眷眷:留恋的样子。
④ 极目:指目光达于极远的地方。
⑤ 荆山:在湖北南漳县。
⑥ 岑:小山而高的叫岑。
⑦ 逶迤:长而曲折的样子。
⑧ 修:长。迥:远。
⑨ 漾:水长的样子。
⑩ 尼父:孔子。孔子字仲尼,所以尊称为尼父。
⑪ 钟仪:春秋时楚国的伶人,被囚于晋,晋侯叫他操琴,他奏出楚国的乐调。
⑫ 庄舄:战国时越人,身任楚国显要的官职,但病中呻吟仍操越声。

唯日月之逾迈①兮，俟河清其未极。
冀王道之一平兮，假高衢②而骋力。
惧匏瓜③之徒悬兮，
畏井渫（xiè）④之莫食。
步栖迟⑤以徙倚兮，白日忽其将匿。
风萧瑟而并兴兮，
天惨惨⑥而无色。
兽狂顾以求群兮，
鸟相鸣而举翼。
原野阒（qù）⑦其无人兮，征夫行而未息。
心凄怆⑧以感发兮，意切怛（dāo dá）⑨而憯恻。
循阶除而下降兮，气交愤于胸臆。
夜参半而不寐兮，怅盘桓⑩以反侧⑪。

【语译】

我登上这城楼向四面远望，借闲暇的时间来消除我心中的忧闷。

① 逾迈：逝去。
② 高衢：大道，比喻帝王的良好措施。
③ 匏瓜：葫芦的一种，果实圆大而扁，干掉后可做容器，因此空悬在棚上而不摘食，就被拿来比喻做无用的人。
④ 渫：淘井。比喻自己修德力学。
⑤ 栖迟：游息。
⑥ 惨惨：暗淡无光。
⑦ 阒：寂静无人的样子。
⑧ 凄怆：悲痛。下文"憯恻"与"凄怆"同义。
⑨ 切怛：忧劳的样子。
⑩ 盘桓：思来想去。
⑪ 反侧：翻来覆去。

观看这城楼所居的地势,确实是明朗而宽敞,很少能比得上它的。这儿正面临漳水别支的上头,好像挟带着洁净的漳水,紧靠着那曲曲折折沮水的长洲。北面是地势较高的大陆,南面是地势低湿可资灌溉的流水。北边远通到陶朱公住过的郊野,西边接近楚昭王的墓丘。许多果木的花和果实遮蔽了原野,很多农作物长满了田畴。环境虽然美好,然而不是我的故乡,怎值得我停留!

我遭逢乱世,被迫迁徙流离,竟超过了十二年。心里念着故土而想回去,有谁能禁得起这种乡愁忧思呢?靠着楼上的窗和阑干遥望,当着北风敞开衣襟。放眼看这一片邈远的平原,极尽目力去遥望故乡,却被小而高的荆山,遮断了视线。路长水深,归途是那么遥远而艰难。悲痛着故乡阻隔,禁不住泪流满面。以前孔子在陈国,曾有"回去吧!"的慨叹。钟仪被囚于晋国,仍奏出楚地的乐调。庄舄在楚国做官显赫,病中仍喃喃说着越语。怀念故乡是人之常情,难道会因处境的困穷或显达而不同?

光阴一天天地逝去,但天下太平的日子却一直没有到来。希望天下太平,犹如希望出现一条平坦的大道,使我能奋力以施展才智。所怕的是和匏瓜一样空悬在棚而不被摘食,成为无所用的人,又像井已经淘干净了,水还是没有人汲用,那样地令人痛心!

我在楼上游息徘徊了好久,太阳不觉已将要下山。萧瑟寒冷的风,从四面吹来,一时天昏地暗。野兽张皇四顾寻找同伴,鸟儿也争相鸣叫,振翅飞逃。原野静寂得没有人影,只有赶路的人还不敢休息。看到这些景物,引发我心中无限的感伤而悲痛。顺着楼梯下来,胸中充满悲愤,直到夜半还睡不着,心中惆怅而在床上翻来覆去,始终无法成眠。

【赏析】

《登楼赋》是王粲辞赋的代表作。王粲（177—217），字仲宣，山阳高平（今山东邹县）人，是建安七子中的主要人物。他的曾祖父和祖父都曾位居三公，在东汉献帝西迁那年，王粲才十四岁，随驾到长安。在长安，王粲为当时学林共重、官拜中郎将的蔡邕所推重，为之倒屣相迎，轰动一时。十七岁那年，司徒征辟，并要他任黄门侍郎，都因西京扰攘不安，辞而不就，然后到荆州依附刘表。但因王粲貌不出众，又体弱，所以不被重用。王粲空有满腹才学，无法施展抱负，在失望之余，兴起"不如归去"的感慨，所以以"登楼"为题，借眼前之景物，抒情怀乡与悲愤。

这篇赋结构完整、段落分明、每段一韵到底。大体说来，第一段多写客观之美景，以引出主观之感情。开头两句说明登楼的动机，开启全文，以"四望"引出以下写景的十句，并暗点其怀乡之情。十句的写景文字，先用两句总说它的宽敞，然后用六句写在这儿近观远眺它的山川形势、地理环境。这六句中，有四句以地名水名实写，中间两句则以鸟瞰形势来概括，错落有致。然后以"华实蔽野，黍稷盈畴"总收景物，于是急转直下，点出思乡之情，为下一段之张本。这一段用阴声韵"尤"韵字作为韵脚字，颇有颂美赞叹之音节。

第二段是写怀乡之情，明示乡愁。用三种不同的手法，先正面写情，然后以情景交融的手法，寓情于景，再以历史故实，说明人情同于怀土，古今一致。一开始承上段以四句，近承"曾何足以少留"，遥接"暇日销忧"，具体说明其"忧"之由来，和"不足少留"的缘故。"凭轩槛以遥望兮"，照应开头"登兹楼以四望兮"而写目前之景，然句句写目前之景，也句句写思乡之情，遥望是因思乡情切，开襟则如胡马依北风，是想借吹自家乡之风，纾解心中块垒，

文选：文学的御花园

慰藉思乡情怀。平原极目是为了望乡，蔽于高岑以致不能如愿以偿，悲戚之情溢于言表。想归乡之路，既险阻又遥远，倍增伤感，寄望水路，又宽广深澈，百般无奈。从远眺以抒郁结，到望乡归路，山川重隔，归梦难成，感情层层转深，而以"悲旧乡之壅隔兮，涕横坠而弗禁"收束表露，回归现实。接着，举孔子、钟仪、庄舄的故事，说明人情怀土，不因穷厄或显达而有所不同，辐辏自身的乡愁。这一段多抒乡愁而多悲音，全取双唇鼻音韵尾"侵"韵字为韵脚，颇有悲闷难抒之声情。当今普通话音读，都已成为舌尖鼻音韵尾，声情则不免略逊一筹。

第三段以天气变化，抒发感慨，寄寓情志，承上段所谓"穷达"，写自己的才大难为用，以及"假高衢而骋力"的愿望。先以实笔感慨时光流逝而时局纷乱，再以虚笔比拟，冀盼天下平治得以一展长才，先以"高衢骋力"正说，再以匏瓜和井渫为喻反说，情感逐层加深，气势也不断增强。接着再以"步栖迟以徙倚"，回应"登兹楼以四望兮"，再写自然之景、鸟兽之态，以写内心之情，然后急转直下，以"循阶除以下降兮"结"登兹楼以四望"；以"气交愤于胸臆"结"聊暇日以销忧"，借景遣怀，而愁思更深，真是"抽刀断水水更流，举杯浇愁愁更愁"，最后以夜半不寐，盘桓反侧，总收全文，气势沸腾而文有余情。这一段写其悲切迫促，即以塞音收音之入声韵"职"韵字为韵脚，声情相生。若非作者才高，实难一韵到底（赋篇换韵，原本很自由又能声情相生并茂，发挥赋篇咏诵之美，臻于化境）。

这篇赋颇能用比兴之义，以达讽喻之旨。不过它不是讽谏君王，而是讽时世、谕情志而已。赞颂荆州地区的富庶美好，惜非故土，也实在是惜刘表的昏聩。"白日忽其将匿"，喻荆州之危殆，也未尝不是"浮云蔽白日"，不受重用的感慨；"风萧瑟而并兴兮"正喻时局混乱；"兽狂顾以求群兮"喻群雄并起，"鸟相鸣而举翼"正是不知归附何方，这些都是以景与物来隐喻。而"惧匏瓜之徒悬兮"是借孔子的话，叹怀才不遇，"畏井渫之莫食"则借《周易》之言，叹明珠暗投，皆是明喻。

《登楼赋》是骚体赋，除极少数四字句的连用之外，全都是《楚辞》六字句。自汉以来，骚体赋大多用来抒情，所以王粲选用这种形式，来抒怀乡之情。首段忧闷，次段悲愁，末段悲愤，情挚感人，但也正如刘熙载所说："悲而不壮"，或许是只见一己之悲慨，不见仁者之胸襟、勇者之怀抱。曹丕《与吴质书》所谓："仲宣独自善于辞赋，惜其体弱，不足起其文，至于所善，古人无以远过。"算是知人之论。

四、芜城赋　鲍照

泭迤（yǐ）①平原：
南驰②苍梧、涨海③，
北走紫塞、雁门④。
柂（yí）以漕渠⑤，

---

① 泭迤：地形平远广阔的样子。
② 南驰、北走：比喻可以通行到很远的地方。
③ 苍梧：郡名，现在的广西苍梧县。涨海：南海的别称，现在的广州市。
④ 紫塞、雁门：秦朝筑长城，土色都是紫色，汉朝塞外也是如此，所以叫紫塞。雁门：郡名，今山西省境。
⑤ 柂：亦读 tuò，牵引的意思。漕渠：通粮的河道。春秋时吴国在邗江筑城凿沟，以通江、淮，也就是后世的运河。

· 085 ·

轴以昆冈①。

重关复江之隩（yù）②

四会五达之庄。

当昔全盛之时③：

车挂轊（wèi）④，人驾肩。

廛闬（chán hán）扑地⑤，歌吹沸天⑥。

孳货盐田，铲利铜山⑦。

才力雄富，士马精妍⑧。

故能侈⑨秦法，佚周令。

划崇墉⑩，

刳（kū）⑪濬洫：图修世以休命。

是以版筑雉堞（dié）⑫之殷，井干烽橹⑬之勤。

格高五岳⑭，袤广三坟⑮。

---

① 轴：车轴，引申为中心的意思。昆冈：一名广陵冈，在扬州江都区西北，广陵城就在冈上。所以说以它为中心，如车轴的轴心向四面八方辐辏。
② 隩：深藏的意思。
③ 全盛之时：指汉吴王濞的时候。
④ 车挂轊：车辆拥挤，以致车轴互相牵缠。挂：有所阻碍叫挂。轊：车轴的头。
⑤ 廛闬扑地：房屋盖满地上。廛：民居；闬：里门。
⑥ 沸天：声浪在空中好像水沸腾的声音。
⑦ 铜山：产铜的山。
⑧ 精妍：技艺精巧。妍：技巧。
⑨ 侈："侈"与下一句的"佚"，都当"超过"讲。
⑩ 崇墉：高城。
⑪ 刳：开凿、挖掘。濬洫：深池。
⑫ 雉堞：城上短墙。
⑬ 烽橹：举烽火的城楼。橹：城上望楼。
⑭ 五岳：中岳嵩山、东岳泰山、西岳华山、南岳衡山、北岳恒山。
⑮ 坟：水涯。三坟：或说是《毛诗》和《尔雅》所指汝坟、淮坟、河坟。异说纷纭，没有确切公认的定论。

崒（cuì）^①若断岸，矗似长云。

制磁石以御冲，糊赪（chēng）壤^②以飞文。

观基扃（jiōng）^③之固护，将万祀而一君；

出入三代，五百余载，竟瓜剖而豆分^④！

泽葵^⑤依井，荒葛罥（juàn）^⑥涂。

坛罗虺蜮（huǐ yù）^⑦，阶斗麏（jūn）鼯^⑧，木魅^⑨、山鬼，野鼠、城狐。

风嗥雨啸，昏见晨趋。

饥鹰厉吻^⑩，寒鸱（chī）^⑪吓雏。

伏虣（bào）^⑫藏虎，乳血飡肤^⑬。

崩榛塞路，峥嵘^⑭古馗（kuí）^⑮。

白杨早落，塞草前衰。

---

① 崒：险峻的样子。
② 赪壤：红土。
③ 基扃：指城门。扃：门户。
④ 瓜剖豆分：比喻疆土的分割，有如瓜被剖割，豆子出荚。
⑤ 泽葵：俗名水芹，一名楚葵，生于水边。井如果有人汲用，泽葵自然不会丛生于井旁。
⑥ 荒葛：蔓生在荒地的葛草。罥：系挂。涂：同途。路途上如果有行人，荒葛自然不会蔓生在路上。
⑦ 坛：堂。罗：列。虺：蛇。蜮：据说能含沙射人为灾，一名射工。
⑧ 麏：就是獐，像鹿的样子但比较小。鼯：就是鼯鼠，栖息在树穴中，昼伏夜出，俗称五技鼠。
⑨ 木魅：古人相信树木年久能变妖精，称为木魅。
⑩ 厉：磨的意思。吻：嘴边。
⑪ 鸱：鸟名，形状像鹰，性情更凶猛，但嘴较短，尾较长，又称鹞鹰。
⑫ 虣：古文"暴"字，指某种猛兽，或作"虣"，是为白虎。
⑬ 乳血飡肤：喝血吃肉。"乳"跟"飡"，都是动词。
⑭ 峥嵘：深远的样子。
⑮ 馗：九达的道路。一达为道，五达为康，六达为庄，九达为馗，是比康庄还要大的路。

文选：文学的御花园

稜稜霜气，蔌蔌风威。

孤蓬自振，惊砂坐飞。

灌莽杳而无际，丛薄纷其相依。

通池既已夷，峻隅又已颓。

直视千里外，唯见起黄埃；

凝思寂听，心伤已摧。

若夫藻扃①、黼帐、歌堂、舞阁之基；

璇渊、碧树、弋林、钓渚之馆；

吴、蔡、齐、秦之声；

鱼、龙、爵②、马之玩；

皆熏歇烬灭，光沉响绝。

东都妙姬，南国丽人。

蕙心纨质，玉貌绛唇。

莫不埋魂幽石，委骨穷尘。

岂忆同舆之愉乐，离宫③之苦辛哉！

天道如何？吞恨④者多！

抽琴命操⑤，为《芜城之歌》。

歌曰：

边风急兮城上寒，井径灭兮丘陇⑥残。

千龄兮万代，共尽兮何言！

---

① 藻扃：门户上加上藻饰。黼：黑白相间的刺绣。
② 爵：同"雀"。
③ 离宫：后妃失宠所住的地方，就是冷宫。
④ 吞恨：有怨恨而不敢说出口。
⑤ 抽：取出。命：命名。操：琴曲名称。
⑥ 丘陇：指坟墓。

【语译】

广陵的四周是一片平坦宽阔的平原,从这里往南可通遥远的苍梧和南海,往北可达极远的长城和雁门。城边斜拖着一条运粮河道而以昆冈作为辐辏的轴心。既有交汇的江河、重叠的关口做屏障,又有四方会聚五路通达的康庄大道相交通。

在以前最繁盛的时候,车水马龙,车轴碰触车轴,行人肩膀摩擦肩膀。那街市土地盖满了房屋,歌舞弹唱的声浪,上达云霄。既有煮海水就可生财的盐田,又有开铲便能铸钱的铜山。财力雄厚,人才杰出,兵马装备完善,训练精良有素。建筑的宏大,已远超过周、秦的规模,筑起了高大的城墙,挖掘了很深的池沟,打算世代相传永保洪福,所以常常大兴土木,修筑城上的短墙、井上的木栏,以及瞭望烽火的城楼。这城比五岳还崇高,和三坟一样广大。险峻的形势好像悬崖绝壁,直立着好似插入云霄。城门是用磁石造的,为的是防御暗怀兵器的人冲入,城墙涂上红色的土浆,为的是粉饰生动的文采。看看这样坚固的城池,应当可以万代一系地流传下去了。谁知只经历三个朝代,短短的五百多年,就崩裂而被豆剖瓜分了。

如今井旁长满了青苔水草,原来蔓生于荒地的葛草却遍生在街上。坛堂成了毒蛇和短狐的住处,台阶成了獐鹿和飞鼠的战场。木石的妖精、山中的鬼怪、郊外的野鼠、荒城的狐狸,像狂风那样号叫,像雷雨那样鸣啸,它们入夜出现,天亮就走散。饥饿的老鹰磨着尖喙在找寻食物,孤寒的鹃鹰在吓唬鹓雏。虎豹躲在那里,伺机捕食后,在喝血吃肉。僵枯的树木阻塞路途,本是九达的大道,已变成阴森的荒路。白杨早早凋落,城上的草提早枯黄,霜气严寒,风声劲疾。秋蓬被拔地转动,砂石也无故而飞扬。丛草深密无边无际,纠缠混乱。

纵深的城壕已被填平，高峻的城角也已倒塌。一望千里之外，只见黄尘在飞扬。令人思想凝止，听觉失灵，悲伤心碎。

以前那些歌台舞榭，有金雕玉琢的华门，有五彩绣花的宝帐；游猎有华美的园林，垂钓有富丽的渊池；听唱有荟萃着吴蔡齐秦等各地的歌舞；消遣有鱼龙雀马等各种玩艺。如今这一切都已香消烟灭，光彩褪失，声响停歇了。至于后宫那些从东都选来的美女，南国进献的佳丽，个个冰雪聪明，脸庞白皙，嘴唇红润，如今任由石头埋葬了香魂，弃骨在黄尘里。哪里还记得以前得宠时与帝王同车出游的快乐，或是失宠后幽居冷宫的辛酸？

天道究竟是怎样虽然不可知，但世人饮恨吞声抑郁而死的却居多数。取出琴来，作一支曲子，曲名叫《芜城之歌》，歌辞是：

"边塞吹来劲风，

"城上特别冷清。

"里井道路全都毁坏，

"连坟墓都已破败。

"千年万代啊！

"同归于尽了，

"还能说什么呢！"

【赏析】

西汉古赋，如司马相如和扬雄的作品，虽句法整齐，但不尚对偶，以单行为主。到东汉赋家，如班固和张衡，就穿插了一些偶句，如我们所选析的《归田赋》，第三段就用对偶的句子。到魏晋之间，对句渐多，如我们所选析的《登楼赋》，对句差不多占了一半。到鲍照的《芜城赋》，除了每段的起句收句和所附的歌以外，几乎没有一句不对偶,这就是俳赋的特征。俳赋虽然不是创始于鲍照,但鲍照和江淹、庾信是最成功的俳赋作家,而三家之中,鲍照又是最早。俳赋又称骈赋,它跟古赋不同,是在于类似骈文,而跟一般骈文不同,是在于它有韵脚押韵。当然它的结构和用韵的限制,还是没有唐宋的律赋那样严格。

鲍照(414—466)字明远,南北朝宋东海(今江苏涟水县北)人,家居建康(今南京)。他出身寒微,虽然步入仕途,但在南朝那种"上品无寒门,下品无世族"的社会里,他一生并不得意。宋文帝时,当中书舍人,后来担任临海王的前军参军,掌理书记。后来临海王败,他也为乱军所杀。因为他出身低,史书都很简略地把他附在临川王传的后面,所以有关他的生卒年,各家推算都有两三年的出入。他和谢灵运、颜延之同时,都以诗著名一时,合称"元嘉三大家"。后人大体认定他的成就高于谢、颜二人,公认他是我国文学史上杰出的诗人。他的赋以《芜城赋》为代表作。清代姚鼐《古文辞类纂》,崇尚古文,不取六朝文,但辞赋类则以为"晋宋人犹有古人韵格存焉",所以收录了《芜城赋》,并评它说:"驱迈苍凉之气,惊心动魄之词,皆赋家之绝境也。"以姚鼐屏弃骈体,而单独对这篇俳赋如此推重,就可以知道它兼有古赋之长,而无俳赋以辞害意之短了。

《芜城赋》是他在宋孝武帝大明三四年间(459—460)登广陵城而作。这里所谓的芜城,就是指荒芜的广陵城。故城在今江苏扬州市广陵区。在宋文帝元嘉二十七年(450)十二月,北魏太武帝率兵南下,广陵太守刘怀之烧城而率民渡江。不到九年,竟陵王刘诞(宋文帝之子)在广陵造反,为沈庆之所讨平,孝武帝命令沈庆之屠城不留活口,沈庆之请把年轻男子留下,女子全赏给军士,但被杀的仍有三千多人。广陵本是极繁盛的都会,兵祸连结,乱后满目疮痍，作者就作此赋，将原先的繁荣和遭祸后的荒凉，做了鲜明的对比，以寄寓其感伤。

当然，这个题材的处理，是不能强调宋孝武帝屠城的残酷，因为这样不免触犯政治的忌讳，所以他不敢形容数年前的繁荣景象，与当时的衰败残破相比。只好驰骋其想象，追溯到五百多年前，七国之乱的罪魁祸首吴王刘濞，建都广陵城的时代与当今对比。依李周翰的说法，当时临海王有反叛的意图，与吴王濞相似，所以作此赋以讽谏，这么说就有弦外之音，而更具有时代意义了。

第一段写广陵的地理形势，先说陆路交通要冲，再说到水路形势，有江关为屏障。

第二段写广陵城全盛时的繁华强盛和城池的兴废。从人车的熙熙攘攘，到民生安乐，再及盐田铜山的财政利益，归结于财力雄厚，人才杰出，兵马精良。转而形容城池的巩固，防御措施的完备，并没有形容宫室的建筑，而且前面说："图修世以休命"，后面又说："将万祀而一君"，而直溯吴王濞以来，"出入三代，五百余载"，却多次兵败城破，豆剖瓜分，感慨颇深，言外之意，颇有城池虽固，但逆天者亡，终归消灭！宫室无关防卫，所以略而不提。

第三段写当今广陵的荒芜景象。先写昔时繁盛之区，今已成禽兽鬼魅出没的地方，再叙当年交通和城防，如今已全毁，荒凉竟如塞外。这一段就是跟前段做强烈的对比，姚鼐所谓苍凉之气，惊心动魄之词，在这一段发挥得淋漓尽致。

第四段写吴王穷奢极侈的豪华生活，如今已是过眼云烟，强调那不胜今昔之感，而有人生无常的感慨。先写当年园庭声玩，如今已歇灭沉绝，再写当年妙姬丽人，如今已埋骨尘土，当年得宠之乐、失宠之忧，今已无别。这里表面看来，似乎是表现了思想和情感的消极，感慨人生之无常。其实讽谏的深意，可能正植之于此。诸王因得宠失宠而有喜有忧，甚而蓄意谋反，就听听《芜城之歌》吧！千龄万代共尽，又有什么好争的呢！

所以从讽谏的角度来观察，前面写其强烈的对比，正是恐之以祸，促其打消反叛的念头；后面人生无常之慨，正是疏导其患得患失之心，其实并没有消极的思想。讽喻是赋的传统，所以作如是观，应该不会太离谱吧！

五、归田赋　张衡

游都邑①以永久，无明略以佐时②。
徒临川以羡鱼，俟河清③乎未期④。
感蔡子⑤之慷慨⑥，
从唐生以决疑。
谅天道之微昧，追渔父⑦以同嬉。
超埃尘以遐逝⑧，与世事乎长辞。

---

① 都邑：指东汉的京都洛阳。
② 时：指时君。
③ 河清：相传黄河的水一千年清一次，此处是比喻政治清明。
④ 未期：不可预期。
⑤ 蔡子：蔡子就是蔡泽，战国时燕人，周游列国从事政治活动，久不得志，因而请术士唐举看相。后来入秦代范雎为相。
⑥ 慷慨：不得志的样子。
⑦ 渔父：指屈原所遇的渔人。
⑧ 遐逝：远去。

文选：文学的御花园

于是仲春令月[①]，时和气清。

原隰[②]郁茂，百草滋荣。

王雎[③]鼓翼，鸧鹒[④]哀鸣。

交颈颉颃（xié háng）[⑤]，关关[⑥]嘤嘤[⑦]。

于焉逍遥，聊以娱情。

尔乃龙吟方泽，

虎啸山丘。

仰飞纤缴（zhuó）[⑧]，

俯钓长流。

触矢而毙，

贪饵吞钩。

落云间之逸禽[⑨]，

悬渊沉之魦（shā）鳉[⑩]。

于时曜灵俄景[⑪]，继以望舒[⑫]。

---

① 令月：好季节。
② 原：高的平地。隰：低的平地。
③ 王雎：就是雎鸠，相传这种鸟雌雄情意专一，其中一只死了，另一只也就忧思不食，憔悴而死。《诗经·关雎》篇："关关雎鸠，在河之洲。"
④ 鸧鹒：同"仓庚"，即黄莺，啼声宛转清脆。
⑤ 颉颃：鸟上下飞翔的样子。飞上叫颉，飞下叫颃。
⑥ 关关：雌雄二鸟相互和答的鸣声。
⑦ 嘤嘤：鸟鸣声。
⑧ 缴：用绳子拴上箭来射。
⑨ 逸禽：指鸿雁。
⑩ 魦鳉：鱼名。
⑪ 曜灵俄景：日影偏斜。曜灵：指太阳。俄：斜的意思。景：同"影"。
⑫ 望舒：本是御月之神，此处作为月的代称。

极般（pán）游①之至乐，虽日夕而忘劬（qú）②。
感老氏之遗诫，将回驾③乎蓬庐。
弹五弦之妙指，咏周、孔之图书。
挥翰墨以奋藻④，陈三皇之轨模⑤。
苟纵心于物外⑥，安知荣辱之所如。

【语译】

我在京都游宦很久了，却没有高明的谋略能辅佐国君，徒然有理想而无法实现，期待政治的清明，也不知要等到哪一天？跟蔡泽一样有不得志的感慨，也想找个像唐举那样的相士来解决疑难；天道实在是幽暗不明，我愿跟渔父一同去游乐。摆脱污浊的尘世，跟俗事永远隔绝。

于是在农历二月的好季节，这时天气温和清明，原野上草木茂盛，开遍了花朵。雎鸠鼓动翅膀，黄莺宛转争鸣，双双对对或高或低地飞来飞去，发出关关嘤嘤的鸣声。在这里优游自得，可以暂且愉悦心胸。

于是像龙在大泽里长吟，像老虎在山丘上长啸。以弋箭仰射飞鸟，到大河去低头垂钓，鸟被箭射中就坠落，鱼贪吃鱼饵就会上钩，射落天上的鸿雁，钓起深渊中的鲂鳎。

这时太阳已渐渐偏斜，月光接着出现，尽情游乐，虽然天黑也忘了疲劳，想到老子"驰骋畋猎，令人心发狂"的教训，所以驾车

---

① 般：盘桓的意思。游：游乐。
② 劬：劳苦。
③ 回：返。驾：车。
④ 奋：发挥、驰骋。藻：辞藻。
⑤ 轨模：法度。
⑥ 物外：世外。

回到茅屋；弹一弹五弦琴，领略它美妙的意趣，吟咏周公、孔子的典籍。挥笔墨作文章，陈述古圣先王遗留下的法度，假使放任自己的心情于世俗之外，哪里还会考虑到什么荣辱得失呢？

【赏析】

这是一篇短到只有两百多字的汉赋。它一反汉代古赋鸿篇巨制的传统，用了短小的篇幅、对偶的句式、平浅流畅的字词。内容方面也一反汉赋描写奢华壮盛的贵游传统，抒写个人的胸怀、田园的情趣、人生的理想。没有堆砌夸饰，不再瑰怪联翩，也不为文造情，可说是开魏晋赋的先声，所以为研究文学史的人特别重视。

作者张衡（78—139），字平子，东汉南阳西鄂（今河南南阳市下村寨）人，是汉赋四杰之一，同时也是人格高尚、学问渊博、反迷信、倡科学的思想家。他年少时就擅于文章，后来入京师、观太学，于是通五经、贯六艺。当时天下承平，风俗淫靡，崇尚奢侈，于是作《二京赋》，以讽喻天下，构思十年而成，传诵一时。他尤其精于天文历法，建造浑天仪和候风地动仪，为世人所钦服。顺帝时为侍中，让他在帷幄讽讥左右。当时宦官跋扈，顺帝问张衡："天下所疾恶者是谁？"宦官们瞪着他，使他不敢对。宦官怕他成为后患，共进谗言，于是出任河间相，《归田赋》可能作于此时，所以可以说是晚年的作品。

古人称辞官还乡为归田，张衡有感于朝政日坏、天下渐弊，郁郁不得志，有退隐之意，而有这篇作品。《归田赋》大多是六字句和四字句，是糅合骚体赋和散文赋，不过它没有骚体赋的"兮"字，都隔句押韵。

第一段是说自己不合于世，愿离开都邑而归隐。其中流露着对朝政失望的愤慨，不过也只用"俟河清乎未期"暗示朝纲的废弛。刚开始托言自己没有明略，而不指责宦官专权，或皇帝昏庸，都是隐约其词。

接下来全用典故，先用《淮南子》和《左传》的暗典，然后用蔡泽和屈原的典故，以喻自己不遇于世，想长辞远去。全用六字句。

第二段写田居情趣，先写时令，次写草木，再写飞禽。有静态的描写，有动态的描摹，有声音的形容，短短三十几字，写尽原野山林之美。全用四字句。

第三段写田居吟哺弋钓的乐趣。前两句写傲啸山泽，从容自在。以下六句是隔句穿叙成对，奇句写弋射，偶句写垂钓。共分三层：前两句写仰射飞禽，俯钓游鱼；次两句写鸟被射中，鱼已上钩；末两句写飞禽落地，沉鱼出渊。全段都用对偶骈行，而叙述错落跌宕，很有变化。

第四段写他发思古之幽情，而寄情于文章。除前两句是四字句以外，又回头用六字句。在这一段引到老子，也引到周公和孔子，所以虽有出世之意，但仍有人世淑世之想。但此时只有以琴书自娱，得以荣辱皆忘。

张衡凭想象而写《归田赋》，他没有仔细雕镂山水情状，也没有铺列草木鸟兽之名，但已写尽理想的隐逸生活情趣。他有屈原的悲愤，但他没有愤恨沉江的念头，而取老庄纵心物外的豁达，为陶渊明《归去来》《归园田居》开其先路。

六、咏史① 左思②

其一

弱冠弄柔翰③,卓荦(luò)④观群书。

著论准《过秦》⑤,作赋拟《子虚》⑥。

边城苦鸣镝(dí)⑦,羽檄(xí)⑧飞京都。

虽非甲胄士,畴昔览穰苴⑨。

---

① 咏史:《咏史》八首,是左思诗的代表作,东汉班固最早用《咏史》为题以评论史实。左思加以创新,叠入古人名字,寄寓其高志,题为《咏史》,其实乃"咏怀"之作。八首之中,有的先叙述己见,再拿史事加以证明;有的先叙述史事,再加以批判;有的则表面上只是叙述己意,却隐与史实暗合;有的似只叙述史实,然已默默寄寓自己的见解。钟嵘《诗品》评论这些诗:"文典以怨,颇为精切,得讽喻之致。"《晋书·文苑传赞》更有"尽锐于《三都》,拔萃于《咏史》"的佳评,将《咏史》八首与《三都赋》相提并论,说明左思在这两件作品上用功之专及用情之深,无怪乎明朝胡应麟会在他的《诗薮》,称赞这些诗是"古今绝唱"。

② 左思(约250—约305):字太冲,齐国临淄(今山东省临淄县)人。就一切外在条件而言,上苍似乎对他是不公平的:他外貌丑陋,木讷寡言,不擅交友,又因出身寒微,所以仕进无门。所幸,左思尚能掌握家学渊源,以勤补拙,博览群书,并且高尚其志自我期许,遂融合了儒家淑世的观念及老庄超然物外的胸襟。所以能以充沛的笔力,宣泄满怀壮志,细诉一生孤凉。他的诗充满了积极浪漫主义的精神。虽曾加入"二十四友"之列,但以贞洁刚烈的个性,得以善终。这该归因于他在为人和创作上的踏实及勤恳。

③ 弱冠:古时男子满二十岁而行冠礼,但身体犹未强壮,所以称"弱冠"。柔翰:毛笔,此处引申为写文章。

④ 卓荦:卓越的意思。

⑤ 过秦:西汉贾谊《新书》的一篇,后人分为三篇,题为《过秦论》。本书有选析。

⑥ 子虚:赋名,汉,司马相如所作。本书有选析。

⑦ 镝:箭头。鸣镝又称嚆矢,古时发射它作为战斗的信号,本为匈奴所造。

⑧ 檄:檄文,文书。写在一尺二寸长的木简上,紧急文书上插鸟羽叫"羽檄"。

⑨ 穰苴:指司马穰苴,春秋齐人,姓田氏;为大司马,所以称司马穰苴。景公时带兵大胜燕、晋,所以被尊为大司马。他用兵约束申明。成王效法他,又使大夫追论古兵法,而附穰苴于其中,号称《司马穰苴兵法》。

长啸^①激清风,志若无东吴。
铅刀^②贵一割,梦想骋良图。
左眄澄江湘^③,右盼定羌胡。
功成不受爵,长揖归田庐^④。

【语译】

我在二十岁的时候就学写文章,而且广博地阅览,希望能以才学出人头地。

著论以贾谊的《过秦论》为典范,作赋则模拟司马相如的《子虚赋》。

眼看着边疆苦于外患,告急文书飞快地传到京都。

自己虽然不是将士,但以前也读过《司马穰苴兵法》啊!

面对这时局的动荡,放声长啸,以抒发胸中干云的豪气,立志要平定东吴,为国家立大功。

铅刀虽钝,但能割东西,还是有用处,就像我,才能虽然低拙,仍梦想有施展自己抱负的机会。

多么希望向东南能廓清东吴,平定江湘一带,往西北能够平定羌胡。

功成之后,我将谢绝封赏,拜别君王,归隐家园。

---

① 长啸:放声高呼。有两种解释:一是蹙口出声称啸,亦即气激于舌端而清扬谓之啸。一是发声清越而舒长也称啸。前者类似吹口哨,后者类似猿啼、虎啸,都有意气激昂的意思。

② 铅刀:很钝的刀,比喻自己才能低拙。

③ 江湘:指长江、湘水,是当时东吴所在。

④ 田庐:家园的意思。

【赏析】

"学而优则仕"是中国知识分子的传统理念。他们希望学成之后,或居庙堂,以流泽于民、造福天下苍生;或戍边疆,以捍卫家国,远播国家声威。立德立功,造福大我,照耀史册,才是读书的终极目标。所以仕进不仅是在光宗耀祖,求得一己之不朽,也基于民胞物与的胸怀,求得仁民爱物理想的实现。因此,左思有耿耿报国之忠、汲汲用世之志,只是他出身寒微,仕进无门,所以作《咏史诗》以寄怀写志。

《咏史诗》的第一首,可以说是《咏史诗》的序诗,从自我评估到自我期许,完全是抒怀写志,无关史事。但和以下所咏的鲁仲连、扬雄都有呼应。

前四句讲自己的文才,次四句则表露自己对时势的关切,并讲出自己的武略,引发九至十四句的豪气干云,冀获世用,最后两句则表明他功成身退的心愿。

从他的传记来看,他确实很勤学。他的《三都赋》,使洛阳为之纸贵,可以力追司马相如,所以他对文才的自我评述,并没有夸张。从第五句开始萦绕在立德立功的心愿上,从他所谓"志若无东吴",可见这些诗大体作于灭吴(280)以前。他有灭东吴、定羌胡的豪气,而有仕进无门的焦急,于是有八首《咏史诗》的写作。

第二首借冯唐叹当时"上品无寒门,下品无世族"的不平,这正是他壮志难伸的原因。第三首咏段干木和鲁仲连,以申述第一首所谓"功成不受爵,长揖归田庐"的心愿。第四首借咏扬雄,应第一首"作赋拟《子虚》",引为相知,想自己也只能像他以篇章传世,得以不朽了。第五首借咏许由,自认不擅于攀龙附凤,只好隐居了。第六首咏荆轲的睥睨四海,表示自己对权贵的蔑视。

下编 《昭明文选》篇章选析

第七首借咏主父偃等四人的困穷，说明自古奇才多埋没草野之中。第八首表示贫士生活虽困苦，但苏秦、李斯也不值得羡慕，充满无奈与悲凉。我们限于篇幅，只选析第一、第二、第五和第八，共四首而已。

其二

郁郁①涧底松，离离②山上苗。

以彼径寸茎③，荫此百尺条④。

世胄蹑（niè）高位⑤，英俊沉下僚，

地势使之然，由来非一朝。

金张藉旧业⑥，七叶珥汉貂⑦。

冯公⑧岂不伟，白首不见招⑨。

【语译】

山谷底延伸着蓊郁的松树，山上初生的树苗也长得非常茂盛。

---

① 郁郁：茂盛的样子。
② 离离：茂盛的样子。
③ 径：直径。径寸茎：是说一寸粗的茎干。
④ 条：树干。
⑤ 世胄：世家子弟。胄：后裔。蹑：登的意思。
⑥ 金：指金日䃅（mì dī）家，自汉武帝时起，至汉平帝时止，金家七代为内侍。张：指张汤家，自汉宣帝、元帝以来，张汤子孙相继为侍中、中常侍的，有十余人之多。旧业：指祖先的功业。
⑦ 叶：指代。珥：当动词，插的意思。貂：指貂尾，汉制侍中、中常侍的官帽以貂尾为饰。
⑧ 冯公：指冯唐，汉文帝时的中郎署长，年老官卑。
⑨ 招：召见，重用的意思。

山上才那么一寸直径的树干,反而遮盖了山谷百尺长的巨木。在人间不也如此吗?

世家子弟平白登上高位,而贤能的才俊力争上游,却沉没在卑下的职位。

地势的高低像出身的尊卑,使它们际遇如此不同,这已经不是一天两天的事了。

金日䃅及张汤一家人,凭借着祖先的功业,享有汉朝七代的贵官。

冯唐的才能难道不出众吗?却到老都不被重用啊!

【赏析】

人在触及内心最深处的憾恨时,自然顾不得刻红剪翠,自然顾不得婉约精丽;脑际盘旋的,是最鲜明的实例,胸中澎湃的,是最难抑的郁思。触目所及,都能发为不平之鸣。此诗正因为语真情切,才成其品高气荡。

涧底的长松,尽管奋力地生长,尽管挺拔而蕃郁,也免不了被山头的小苗所荫罩。从这自然界的不平等,直接点明主旨,指出人间"世胄蹑高位,英俊沉下僚"的不合理。郁郁是枝叶茂盛的形容,也该是心情抑郁难伸的写照!离离是枝茎茂盛的形容,也未尝不是才疏而居高位的写照!接着指出地势决定一切的无奈,再说这是千古寒门子弟的幽怨、空间的不平,却横亘着历史的长流,想反抗也不免感到无力而悲凉。从诗句的表面来说,这首《咏史诗》所吟咏的历史人物到最后四句才出场,诗人为冯唐打抱不平。其实左思是在反映当代寒门出身的知识分子和士族门阀贵胄之间的不公平,揭露当时士族垄断仕途的不合理,申告他备受压抑和排斥的苦痛。所以,"咏史"只是借题发挥,这首诗所提到的金日磾、张汤和冯唐,只是浇自己块垒的酒杯。充其量也只是印证"世胄蹑高位,英俊沉下僚"的例证而已。

诗人内心充满了失望的怅然,和不幸的憾恨,却含蓄地引用史事凭吊历史人物,比起漫天叫嚣,更为沉郁,更为感人!尤其他所指出的不平等,在士族制度没落以后,依然长存,所以它不但反映了成千上万寒门士子的心声,也赢得一千多年来无数的共鸣。

其五

皓天舒白日,灵景①耀神州②。
列宅紫宫③里,飞宇④若云浮。
峨峨⑤高门内,蔼蔼⑥皆王侯。
自非攀龙客⑦,何为欻(hū)⑧来游?
被(pī)褐⑨出闾阖(chāng hé)⑩,高步⑪追许由⑫。

---

① 灵景:日光。
② 神州:赤县神州的简称,指中华大地。
③ 紫宫:本来是星宿的名称,即紫微宫。汉未央宫中有紫宫。这里泛指帝王宫禁。
④ 飞宇:宇,屋檐的意思。古代宫殿的屋檐像飞扬的鸟翼,所以叫飞宇。
⑤ 峨峨:高耸的样子。
⑥ 蔼蔼:众多的样子。
⑦ 攀龙客:指追随帝王侯相以求功名利禄的人。
⑧ 欻:同"忽"。
⑨ 被:同披。褐:粗布衣的意思。被褐是说穿着粗布衣。
⑩ 闾阖:宫门。此处意指皇都。
⑪ 高步:犹言高蹈,远行隐遁。
⑫ 许由:字武仲,是传说中的隐士。据说尧让天下给许由,许由不肯接受,遁耕于颍水的北边。尧又下令封他为九州州长,许由不愿意听,又跑到颍水边洗耳朵。

振衣千仞[1]冈，濯足万里流。

【语译】

浩瀚晴朗的天空，阳光四射，普照着大地。

一排一排的宫殿建筑，装点着如云彩般的飞檐，是那么豪华壮丽。

高大的门第里，众多王侯穿梭其间。

想想自己并不是喜欢攀龙附凤的人，为什么忽然到这种地方来？

我于是穿着粗布衣，离开京都宫门，想追随许由隐遁的高风亮节。

但愿登上高山，抖落满身的尘俗，沉浸长河，洗尽一身的污浊。

【赏析】

这篇在《咏史》八首中，是情感最激昂、色调最朗亮的一首；前半部写京城宫室如云、侯门深邃的壮丽，后半部再渐次指出自己摒弃权势的追求，志在隐居高蹈。整首诗由晴朗的天空下，洒落一地的阳光着手布局，直接照应到作者心境的豁达。在这种心境下，省视周遭各种荣华富贵的表象，忽然，觉得这些浮沉的尘俗，都如此虚幻不实，这一层醒悟，不禁敦促作者作更深沉的思索，整首诗遂在一个问句中，触及问题的核心。紧接着语气一转，再以粗布衣的明显意象，许由的高旷志节作为前导，将悲欢之情，一并搓揉在

---

[1] 仞：古以周尺八尺为一仞。后来尺略变长，就有不同的说法。一仞大体是以中等身材的人，两臂张开的长度为准。

"振衣千仞冈,濯足万里流"两句中,它塑造出倔强高蹈、不依权贵的隐者形象,千古以来的胸中块垒,仿佛就在这一霎时猛然参透而消失,豪宕之情,酣畅至极。无怪乎成为不朽的名句,傲岸气骨,也历久不衰,一千多年来,也不知道有多少怀才不遇的士人,借这两句话纾解心中的郁结而投向大自然!

其八

习习^①笼中鸟,举翮(hé)^②触四隅。
落落^③穷巷士,抱影^④守空庐。
出门无通路,枳棘(zhǐ jí)^⑤塞中涂^⑥。
计策弃不收,块^⑦若枯池鱼。
外望无寸禄^⑧,内顾无斗储。
亲戚还相蔑,朋友日夜疏。
苏秦北游说^⑨,李斯西上书^⑩。

---

① 习习:屡屡展翅高飞的样子。
② 翮:鸟翎的茎。
③ 落落:和人群疏离,不能随和世人,孤独特立的样子。
④ 抱影:形影相对的意思。
⑤ 枳:果实形状像橘子而略小的植物,叶子似柳橙多刺。棘:较小的酸枣树,这里用来比喻谗佞的人。
⑥ 中涂:涂,即途;中涂即途中的意思。
⑦ 块:独处的样子。
⑧ 寸禄:指微薄的俸禄。
⑨ 苏秦北游说:苏秦,战国时洛阳人,他先到秦国游说,未被采用;再往北到燕、赵等六国游说。卒至身佩六相印,后来在齐国遇刺身亡。
⑩ 李斯西上书:李斯,战国时楚国上蔡人,西至秦国游说秦王,被奉为客卿,秦统一之后为丞相,二世时被杀。

· 105

俛（fǔ）仰①生荣华，咄嗟②复雕枯。

饮河期满腹③，贵足不愿余。

巢林栖一枝，可为达士模。

【语译】

笼里的鸟儿一次又一次地想要振翅高飞，但每当它展开翅膀，就会碰到笼子的四角。

就像我这个贫穷的读书人，孤独地居住在寒陋的巷子里，也只有抱影自守，难以展翅高飞。

我想要投身现实社会，有所作为，奈何没有人引荐而障碍重重。

没有人愿意援用我的策略，我像极了干涸的池塘里孤苦无助的鱼儿。

对外，既没有微薄的俸禄，家中也没有少许的储粮。

甚至招致亲戚的轻视，朋友也渐渐地疏远我。

想当年苏秦往北游说燕赵，终至身佩六国相印，李斯上书秦王，也贵为宰相。

他们都在一时之间享有荣华富贵，但旋即招惹杀身之祸。

庄子曾说过，偃鼠在河中饮水，也只不过是为了喝饱；

鹪鹩在林子里作巢，不过占用一个小树枝，贤达的人应该学习它们的知足安分啊！

---

① 俛仰：低头抬头，比喻极为短暂的时间。俛，即俯。
② 咄嗟：仓促的样子。
③ 饮河期满腹：《庄子·逍遥游》有"鹪鹩巢林，不过一枝；偃鼠饮河，不过满腹"。意思是鹪鹩在林子里作巢，不过是占用一枝小树枝；偃鼠在河中喝水，也不过是希望喝饱。偃鼠即鼹鼠。

【赏析】

贫穷的滋味是什么？羁困的悲哀又如何？在这双重压力的交相逼迫下，人又当何以自处？左思本篇处理的，就是这么生活化的基本问题，也是对《咏史》八首的一番总检讨。

一方面，他既不能海阔天空地鸢飞鱼跃，一方面，连最起码的生活腹地以为退却、以为休息整补都谈不上，多么窘困的人生啊！作者走笔至此，触目所及，尽是"笼中鸟""穷巷士""枯池鱼"的窘迫意象，加以亲友的势利，我们不禁要为左思捏一把冷汗，这颗心系家国的赤诚，是否从此彻底崩溃？所幸，中国的传统智慧，展现了一条生路。人在面对太多无法承担的遗憾时，只好转而将遗憾归诸天地，如李白的《宣州谢朓楼饯别校书叔云》里"人生在世不称意，明朝散发弄扁舟"就是一例，苏东坡在《水调歌头》时也参透"人有悲欢离合，月有阴晴圆缺，此事古难全"的道理，因此退而求其次的感喟："但愿人长久，千里共婵娟。"至于左思，面对自己的前进无门，后退无路，他既不会如后世的诗仙豪迈地放浪形骸，也没有像东坡老的多情温慰；他只能冷静地摄取老庄的智慧，转向大自然学习，在此，以冰炭置热肠，也算是一种纾解的智慧吧！诗中回肠九转，本乎诗教温柔敦厚之旨，怨而不怒，诗人虽自我宽解，但我们仍可以感受到那百般的无奈和无限的苍凉！

文选：文学的御花园

七、古乐府①

饮马长城窟行②

青青河边草，绵绵思远道。
远道不可思，夙昔③梦见之。
梦见在我傍，忽觉在他乡。
他乡各异县，展转④不可见。
枯桑知天风，海水知天寒⑤。
入门各自媚，谁肯相为言？

---

① 乐府：乐府起于西汉，本来是官署的名称，后来就以它来称呼这个官署所编采的乐歌。逐渐的，凡是可以合乐的歌，都称为乐府。到后来，凡是这种格调的诗歌，不管它能不能合乐，也都称为乐府了。乐府成立在汉武帝的时候，但探讨它的起源，或许可以上推到汉高祖，他作《大风歌》，教一百二十个少年和声吹乐（本书有赏析），后来有缺额，就找人填补。惠帝时有乐府令的官职，但只是跟周秦时代的乐官一样。至于采歌谣、造诗歌、谱新声的乐府官署，是武帝所设立。它的任务是把文人所作的颂诗歌辞，和民间歌谣，加以修改谱乐。本篇所录《文选》称乐府古辞，因作者名氏已不可考，当是汉代的乐府古辞，乐谱也已失传了。

② 饮马长城窟行：是属于"相和曲"的歌行，长城是防止北方游牧民族的防御工事，城下有泉窟，可以饮马，被征调到长城戍守，是征人最感到痛苦的事，后来"饮马长城窟"就成为艰苦的行役生活的一种代称。像本篇虽不涉及饮马长城窟的事，但仍是妇人思念征戍在外的丈夫的歌诗。《玉台新咏》说这一首是蔡邕所作。但这说法不一定可靠，我们还是暂且存疑。

③ 夙昔：夙夕。有两种解释：一是早晚，也就是说：不分早晚，时时刻刻，已不止一次了。一是夙夜，指夜未尽天还没亮的时候。

④ 展转：是反复的意思。指自己反复思量。

⑤ 枯桑知天风，海水知天寒：桑和海，是用来比喻自己的相思之情，是民间诗歌中的比兴手法。一说枯桑自知天风，海水自知天寒，以喻思妇之苦自知，或说枯桑喻丈夫，海水是自喻，天风和天寒是比拟孤栖独宿，危苦凄凉。枯桑无叶可落，海水经冬不冰，好像不知"风""寒"，不是真不知，是人不见其知。

客从远方来，遗（wèi）我双鲤鱼①。
呼儿烹鲤鱼②，中有尺素书③。
长跪④读素书，书中竟何如？
上言加餐食，下言长相忆。

【语译】

河边的草又长出了新绿，绵延到很远的地方；我日夜怀念的人还在远地没有回来，所以我相思之情也像青青的绿草，伸展到那遥远的地方！

路途那么遥远，思念也是徒劳，还是靠着梦境和他相见吧！

梦中固然美好，想念的人就到了身边，可是惊醒过来，回归现实，他仍然身在他乡啊！

既然身在他乡，我反复思念，除了更悲苦，我还能见不到他！

枯桑虽然没有叶子，也能感受到风吹；海水虽然不会结冰，但也能感受到天冷。

看别人的丈夫回到家里，都只顾和他所爱的人团聚欢叙，有谁肯来跟我说几句，慰问我的孤独呢？

正悲苦着，却有个从远方来的客人，捎来了藏着书信的双鲤鱼

---

① 遗：送来的意思。双鲤鱼，是藏书信的函，用两片木板组合成，刻为鱼形，一个孔为鱼目，分开就成双鱼。
② 烹鲤鱼：装书信的假鱼不能煮，但为了造语生动，以拆开书信，称为烹鲤鱼。
③ 尺素书：古代公文或一般书信，常用约一尺长的木板或绢帛来写，相当于后来的纸张，因此书信用"尺书""尺牍""尺素"等名称。
④ 长跪：是直腰而跪。古人席地而坐，坐与跪的差别，仅在于臀部是不是压在足踝上，膝盖成九十度，耸起上身称为跪，臀部靠足踝就称为坐。跪表示恭敬，而人急切时，也马上变坐为跪了。

送给我。

我赶紧叫小孩来"烹鲤鱼",拆开它,里面就有他的信哪!

急切地跪着捧读他的信,要看信里面写了什么?

前面劝我多保重,多加些饮食!后面告诉我,他很想念我,我们永远会相忆念的。

【赏析】

这是民歌色彩极为浓厚的乐府歌行,它的前八句,句句押韵,两句一韵成一个句组,而句组的交替,采用联珠格,以上一句组的句末之词,用于下一句组的句首。第一句组的句末是"远道","远道"就成第二句组的句首,第二句组结之以"梦见","梦见"自然就成第三句组的句首了,第三句组以"他乡"作结,第四句组自然以"他乡"引述。经过八句,句句用韵之后,转为两句一韵。到了第十四句以后,又转回句句用韵,并且采用韵脚字的连用,另成一种节奏韵律,最后换韵但仍是两句一韵。其中有绕口的情韵,这都是民歌的特色。

"青青河边草"与古诗"青青河畔草",仅一字之别,其义相同,引发的联想也完全相同,河边草又绿了,春天来了,这是思妇怀思的季节,枯槁已久的心田,却得不到春的气息。这边是一片绿茵,遥远的那一边,自然也该一片青绿,绵绵的远道,系满了绵绵的相思情意。绵绵是草地的形容,更是情思的形容,义含双关,这是古今民歌的共同特色。

路远不得见,只有寄托在梦中了;在梦中虽然相见了,但终究又回到现实来。这六句梦幻与现实的交织,显示了离人情深思切与百般无奈!

接着用比兴的手法,比喻无限情思无处倾诉的苦痛,别以为桑枯了不知天风,海深不知天寒,它们只是无以表达。诗人内心的凄苦,无法倾诉,又有谁能了解?他们形影枯槁如枯桑,情深义重如大海,可怜只见别人欢聚,别人在欢乐中,怎能体会或察觉到其他人的凄苦孤独呢?

事情终于有了转机,于是歌的情韵节奏又变。有远客归来,捎来了讯息,以句末词的叠用,显示诗人心情的开朗和兴奋,快打开书信,信里写什么? 一连串的动作和声音(呼儿和问书上竟何如),将诗人热切之情溢于言表,信上没有说明归期,固然令人失望,但平安的获知、关怀的叮咛、坚定的期许,总是可以告慰的。真是七分的失望、三分的欣慰,还有几许的无奈。

八、歌一首并序　荆轲

燕太子丹①使荆轲刺秦王,丹祖送②于易水③上,高渐离击筑④,荆轲歌,宋如意和之曰:

风萧萧兮易水寒,

壮士一去兮不复还。

---

① 燕太子丹:是燕王喜的太子,在前232年被送到秦国做人质,尔后逃归。前227年派荆轲进献督亢的地图给秦王,乘机刺杀秦王,事没成功,秦攻燕国,次年燕王斩杀太子以求和,但再隔一年,秦王仍灭燕国。

② 祖送:是祭道相送,以求路途平安。

③ 易水:河流名,源出保定府易州西山谷中,离燕都不远。是在易州与幽州归义县界。

④ 高渐离:是荆轲的朋友,以善于击筑闻名,筑是似琴的乐器,有弦,用竹击弦以奏曲调。高渐离后来就因击筑,得秦始皇的赏识,但身份暴露后,被挖了双眼,留在秦王身边。他以铅放置筑中伺机击杀秦王,但没打中而被杀。

【语译】

燕太子丹,派遣荆轲去刺杀秦王,太子丹祭道饯行于易水边,荆轲的朋友高渐离击筑,荆轲依声而唱,宋如意为他和声,唱出:

萧萧的风声呵,吹紧了易水的凄寒!

壮士这一去呵,就不会再回来啊!

【赏析】

燕太子丹早年在赵国充当人质,而秦王政是在赵国出生的,两个人很要好,等到嬴政回国当秦王,燕太子丹又到秦国充当人质,而秦王待他不好,于是怀恨逃归,寻求报复。此时,秦国对诸侯鲸吞蚕食,燕国也十分惶恐,太子丹就谋求刺杀秦王,而找到田光。田光推荐了荆轲,并自杀以守密。

荆轲是卫国人,卫国人称他庆卿,以后他到燕国,燕国人称他荆轲。他带着樊於期的头、燕国督亢的地图,作为献给秦王的礼物;以及赵国徐夫人的匕首,作为刺杀秦王的用具。荆轲欲等朋友同行,以共成大事,燕太子却以为他犹豫不前,说要让秦舞阳先走,荆轲责叱太子,说:"冒失前往,而不能达成任务回来,是竖子不是大丈夫,何况这次是拿一把短匕首入难测的强秦,我所以逗留,是等着朋友一起去,太子既然嫌迟,那就现在启程吧!"便出发了。

燕太子的急躁,使他不能慎谋而后动,也就难怪他慷慨悲歌了,有知遇之恩的燕太子,竟然怀疑他的勇气,士为知己者死,而此去究竟为了什么?此时田光、樊於期都自杀赔上了生命,他也不能愤然抛下,说不去就不去啊!他身负多少人的期望,他的任务是那么艰巨,连智虑深远勇敢沉着的他,都不免悲凉起来。

易水已够凄冷了,萧萧的风何必吹得那么紧!这是眼前之景,也正是心底的写照。以有情的眼光看万物,万物莫不有情,以悲怆的心情,观照风声流水,风声怎能不悲怆,易水怎能不凄冷?

此去秦庭,即使完成使命也难以全身而退,更何况还少了一个得力的助手?所以他唱出"壮士一去兮不复还",就已让我们看到一位悲剧英雄悲壮地迈向死亡,毫不畏惧、毫不迟疑。陶渊明《咏荆轲》所谓"千载有余情",我们可从这短短的歌去体会到那悲壮的余情,和他"自知事不就,倚柱而笑,箕踞以骂"那背后的悲凉心境!

九、歌一首并序　汉高祖

　　高祖还,过沛,留。置酒沛宫,悉召故人父老子弟佐酒①,发沛中儿得百二十人,教之歌。酒酣,上击筑,自歌曰:
　　大风起兮云飞扬②!
　　威加海内兮归故乡。
　　安得猛士兮守四方?

【语译】

　　汉高祖刘邦平定了淮南王黥布的谋反,要班师回朝,路过自己的家乡沛县,于是特别停留一下。并在沛宫大摆酒席,宴召老友及乡亲父老子弟,为行酒助兴,挑选沛中少年一百二十人,教以歌唱。

---

① 佐酒:《史记》作"纵酒"。佐酒,是助行酒。
② 大风起兮云飞扬:大风、云飞,都是比喻群雄并起,而天下大乱。大风肆虐,乌云蔽日,都不是比拟好的。

大家饮酒到最酣畅的时候,高祖自己击筑,自己做歌诗,慷慨激昂地唱道:

吹起大风,狂飙骤至!乌云密布而飞扬!

我叱咤风云,威震海内,终能使它平静下来!

但能镇守四方保有天下,得以让我久享太平的猛士啊!你们都在何方?

【赏析】

高祖十一年(前196)入春,到秋七月,短短七八个月,有淮阴侯韩信、梁王彭越、淮南王黥布,先后谋反。秋七月黥布之反,还东并荆王之地,北进渡淮,楚王败走,逼得高祖亲自领兵征伐。十月平定(汉初以阴历十月为纪元的第一个月,所以这时已是高祖十二年),班师回京,路过家乡。这位叱咤风云囊取天下的汉高祖,已经累了,年纪虽然才六十出头,但因天下底定,所以他已经没有斗志,心已老了。人老而眷恋故乡,这是人之常情,正如王粲所谓"人情同于怀土兮,岂穷达而异心",更何况衣锦还乡是古人梦寐以求的荣耀!

于是汉高祖虽然为流矢所伤,还是在沛县耽搁停留,还尽召旧识父老子弟,大肆欢宴。他要听他们给他的赞美,当年依附他的,已飞黄腾达了,他要看当年鄙夷他的父老,如今如何来歌颂他。然后他赐沛县全民世世代代免纳赋税,使他们如何的欢乐,如何的感激涕零!

《毛诗序》说:"情动于中,而形于言,言之不足,故嗟叹之;嗟叹之不足,故永歌之;永歌之不足,不知手之舞之,足之蹈之也。"高祖在酒酣耳热,饱受赞誉之后,早已言语嗟叹之不足,所以要咏歌。

首两句显示他豪迈本色，也流露他顾盼自雄之情。但他老了，累了，受伤了，所以第三句就显得他患得患失，此时功臣名将大多被诛，仍怕基业不能久保，虽然气势仍在，但心态趋于保守，说出内心的惶恐。难怪他要少年和声习唱，自己起而舞之蹈之，竟也慷慨伤怀，为之泣下。再过半年，高祖就死了，咏其歌，我们不难想见他自歌又自舞的情状，洞察他自得而又自伤的心境。

十、古诗[①]

行行重行行

行行重行行，与君生别离。
相去万余里，各在天一涯。
道路阻[②]且长，会面安可知？
胡马[③]依北风，越鸟[④]巢南枝。
相去日已远，衣带日已缓[⑤]。
浮云蔽白日，游子不顾反。
思君令人老，岁月忽已晚。

---

① 《文选》列《古诗十九首》，非一人一时一地所作，《玉台新咏》把其中大半，列为枚乘的作品，但没有根据。它们是汉代的作品，是《诗经》到五言诗成熟的过渡产物。这些诗原无诗题，后人都以第一句为诗题。
② 阻：指路途艰险，重重阻碍。
③ 胡马：北方胡地所产的马。
④ 越鸟：南方越地的鸟。
⑤ 缓：宽松。身体消瘦，衣带自然渐觉宽长。

> 弃捐勿复道,努力加餐饭①。

【语译】

走啊走啊,不停地走,就这样活生生地跟你分别了!

此后相隔有一万多里,各自在天的一边。

道路艰险而且遥远,再见真不知要等到哪一天?

胡马南来后仍依恋北风,越鸟北飞后仍筑巢于南向的树枝,鸟兽尚且依恋故土,何况是人呢?我们相离越来越久,我因相思而日益消瘦,所以衣带也愈来愈宽松了。

可是谗邪陷害忠良,好像浮云遮蔽了光明的太阳,使游子不愿回家。

只为想念你,令我变得老多了,一年倏忽又已将尽,自己年华老大,究竟还要等到几时呢!

暂且撇开这些不谈,只希望在外的你,可要多加保重啊!

【赏析】

这首古诗是以最平浅、朴实的句子,表现了最深沉、最浓郁的情感,读起来诗情醇厚,道尽背井离乡的游子流离之苦,也表达了长远分离、与日俱增的相思之情。

前半首前四句以最平白的叙述,说明他们由聚而分,由近而远,侧重在空间的描述,透露了初别的无奈。

次四句由空间之远,叹别离时间之久,相见不可期,再以两对

---

① 努力加餐饭:这句是当时勉人保重的通用语。

句,谓禽兽尚且不忘故土而有怀乡之情,人何以堪!

后半首换韵,由押阴声韵转换为有鼻音韵尾的阳声韵,前四句由时间之久,写相思之深,再说到游子不返的原因,表示充分的谅解,也反映了当时社会的黑暗。

后四句表达了迟暮之情,由岁末年去,想到自己也随岁月而老,更何况有相思的煎熬!但一切尽在不言中,只是不能不一再地叮咛:要多保重啊!

这首诗充分流露那种哀而不怨、温柔敦厚的诗教之旨,也唱出千古以来境遇相似者的感情。"浮云蔽白日,游子不顾反"一句,被李白套用在《登金陵凤凰台》。在李白之前,才高八斗的曹植,写《情诗》也析用这两句为四句:"微阴翳阳景,清风飘我衣。吵吵客行士,遥役不得归。"陆机的《拟古诗》则写为:"游子眇天末,还期不可寻。惊飙褰反信,归云离寄音。"再如"相去日已远,衣带日已缓"也演成"伫立想万里,沉忧萃我心。揽衣有余带,循形不盈襟"。这种以析文为妙,并以雅正的字词,取代通俗的字词,如今读起来还是没有质朴的古诗来得浑厚自然、亲切有味。

庭中有奇树

庭中有奇树[①],绿叶发华滋[②]。
攀条折其荣[③],将以遗所思。

---

① 奇树:嘉树,佳美的树木。
② 发华滋:花开繁盛。华,同花。滋,繁盛。
③ 荣:指花。以前木本植物的花称为华;草本的称为荣。

馨香盈怀袖,路远莫致①之。
此物何足贵,但感别经时。

【语译】

庭院中有一株佳美的树,叶子碧绿,花儿开得很繁盛。

我攀着树枝,摘下花朵,想把它送给心中思念的人。

花香充满于衣服的襟袖之间,可惜路远无法把它送到。

这些花本身并不珍贵,只是我们分别很久了,希望借它传递我对你的思念之情罢了!

【赏析】

这是《古诗十九首》中诗情最明朗、手法最明快的一首。既没有"思君令人老"的沉郁,也没有"泣涕零如雨"的凄怆,同时也没有"四顾何茫茫"和"出户独彷徨"的无依。叙事写情,层次井然,没有换韵,一气呵成。

前四句写心中有日夜系念的人,因此不论看到什么都会与心上人产生联想,看到庭中奇树盛开的花,就想摘给那个令我思念的他。后四句写到虽然馨香盈袖、花香袭人,但路途太遥远了,根本送不到啊。其实想寄的花也不是什么贵重的东西,值得珍贵的是那久别的情思。

这八句诗,两句提示一个完整的意象,而四个意象正是起、承、转、合的安排,在明快的处理下,却见一片缠绵的深情!

---

① 致:送到。

迢迢牵牛星

迢迢牵牛星，皎皎河汉女①。
纤纤擢素手，札札弄机杼。
终日不成章，泣涕零如雨。
河汉清且浅，相去复几许？
盈盈一水间，脉脉②不得语。

【语译】

　　远在银河那一边的就是牵牛星，而在银河这边的是光明洁白的织女星。

　　织女伸出纤细洁白的手织着布，使得织布机不停地发出札札的声音。

　　虽然她从早织到晚，却没有织出好纹彩来，只看见她眼泪像雨那样地落下来。

　　银河的水看来又清又浅，它的距离究竟有多远呢？

　　可是就因为这清浅的一水之隔，竟使他们含情对看而不能交谈呢！

【赏析】

　　牛郎织女的神话故事，充满着浪漫的情调，人们在夜里仰望星

---

① 河汉女：河汉是天河，也就是银河。河汉女是指织女星，而以光明洁白的皎皎形容它。
② 脉脉：又作"眽眽"，是指含情对看的样子。

空，看见这两颗星，很容易引人遐思，尤其热恋中的少男少女，或深受相思之苦的征夫离妇，当他们"忧愁不能寐，揽衣起徘徊"的时候，远望星河，不免"人星"相惜，怜起牛郎织女来，这种怜人怜己之情的自然流露，就可以成为绮丽动人的诗篇！

这首古诗，借人格化的天上星宿，投射其主观的情怀，驰骋其想象，所以看来像是怜咏神话人物，其实是抒写人间两情相悦不得交接的幽怨情怀。全诗十句，用了六个叠字形容词，"迢迢"形容空间距离，"脉脉"则形容心理与神情，"纤纤"是形容可见的素手，"札札"是形容可闻的织布机声，"盈盈"形容水势，"皎皎"形容星光，并影射织女的明艳动人。形容的性质不同，用法上也产生差异，使整首诗生动活泼。而叠字形容词，在形式上是对句的排比，而有明快的节奏与韵律。

首两句提出主题人物，牛郎称之以星座，织女则直指其女子，相对而有变化。它们都用叠字形容，一写星空的距离，一写其亮丽光芒，贴合被形容的字词性质，而且人间男女之离别，常是男子离乡背井，留着楚楚可怜的女子独守空闺，所以这形容词也贴合人间的比拟。次四句全凭神驰其想象，完全是主观情怀的投射，写尽织女的寂寞哀苦。后四句感喟其咫尺天涯，写其蕴藉的感情，而作含蓄的表露，幽幽的哀怨自在言外。

后来诗人对这题材的处理，就大多针对人事了，如韦应物的《调笑令》："河汉，河汉，晓挂秋城漫漫。愁人起望相思，塞北江南别离。离别，离别，河汉虽同路绝。"以及杜牧《秋夕》所谓"天阶夜色凉如水，卧看牵牛织女星"，都是写人情，而用情景交融的手法，不像这首古诗专写星宿而人情自在其中。

生年不满百

生年不满百,常怀千岁忧。
昼短苦夜长,何不秉烛游?
为乐当及时,何能待来兹①。
愚者爱惜费,但为后世嗤。
仙人王子乔②,难可与等期。

【语译】

人的一生不足百岁,但有的人总为身后的事而忧虑不已。

既然感到人生短促,苦于昼短夜长,不能恣意行乐,何不秉烛夜游呢?

嬉游行乐应该及时,不能等到以后再说。

愚蠢的人舍不得花费,结果落得被后世的人所嗤笑。

希冀同仙人王子乔一样永生不死,是很难的啊!

【赏析】

在社会动荡、兵连祸结的时代,人命如草芥,谈不上人生理想的追求,于是人生虚无幻灭之感,日渐加深,而有及时行乐之想。所以人在秉烛夜游、饮酒作乐的享乐路上,却有理想幻灭、只好挥霍生命的痛苦心灵。

---

① 来兹:来年,指未来的岁月。
② 王子乔:据《列仙传》所载,王子乔是周灵王的太子,名晋,好吹笙作凤鸣,后来道人浮丘公把他接引到嵩山上去成了仙。

挥霍金钱的人，嫌自己的钱何其少；挥霍生命的人，也总嫌自己的生命何其短促。这不同于孔子站在河川上"逝者如斯夫，不舍昼夜"的感慨！虽然都有人生苦短之念，但一个是兴起惜取寸阴，及时努力之思；一个则转成"人生得意须尽欢，莫使金樽空对月"的豁达。

首两句是人生理想的幻灭，愤而对人生意义的全面否定，表面上是对圣贤的嘲弄，却也流露出对环境的愤慨与无奈。次两句道尽了挥霍生命的冲动，到五六两句换韵，道出对未来不敢抱持希望的悲哀。七八两句又转为嘲讽，虽说"愚者爱惜费"为后世所嗤，其实是诗人在嗤笑。而这种笑犹如荆轲"自知事不就，倚柱而笑，箕踞以骂"，虽见豪情，但内心是悲凉的！最后两句表面上是对神仙术的否定，其实也正说明了：兵灾可以死，饥饿可以死，瘟疫可以死，屠杀可以死，还谈王子乔的成仙得道，岂非痴人说梦。

由于温柔敦厚的诗教，把对环境坎坷，天灾人祸交迫的怨怒，化为超脱的豁达，但在文字之外，我们不难洞察那哀伤的心灵，与所反映的时代。此颇有《三百篇》讽人之旨。

十一、诏一首　汉武帝

　　盖有非常之功，必待非常之人。故马或奔踶（dì）①而致千里，士或有负俗之累②而立功名。夫泛驾③之马，跅弛（tuò

---

① 踶（dì，又音 tí）：是踢踏的意思。
② 负俗之累：行为异乎一般世俗规范，为世俗所不容，被人讥论。
③ 泛驾：不循轨辙。

chí）①之士，亦在御之而已。其令州郡察吏民有茂材异等，可为将相及使绝国者。

【语译】

要建立不寻常的功业，必得等不寻常的人出来才能完成。所以马有的好奔驰踢人，却能日行千里；人也有行为异于常轨，为人所议论，却能建立功名。那些不循轨辙的马，或放荡不拘的人，也全在怎样驾驭领导他罢了。着令各州郡，就吏民中考察物色，如有超群出众的优秀人才，可以充任将相和出使遥远他国的，举荐上来。

【赏析】

这是汉武帝在元封五年（前106）四月所颁，要州郡推举人才的诏令。汉武帝是雄才大略的君主，吐语自是不凡，这诏令大有网罗天下不羁之才，将立非常之功的气势。

诏令仅六十多字，一开始就气势十足，有如宣布"这是一个伟大的时代，因为我是个伟大的英主，我需要一批缔造伟大时代的人才"，接着以奔踢不驯的健马，比拟豪迈不羁的奇才，只要懂得统御，都有大用。在这前提下，要州郡推举奇才，他将寄予重任。他所谓"御之而已"，颇有以伯乐自许的豪情。

武帝要的是一批"有负俗之累"的奇才，他怕循规蹈矩的人会不平，所以首先指出"立非常之功，须非常之人"，表示不用通常的标准衡量，以杜悠悠之口。然后以马比喻，使人信服，再说"跅

---

① 跅弛：放任不自我检束、不遵礼度。

弛之士，亦在御之而已"，让人放心；这才再向州郡颁行命令，要他们推举。理顺气壮，实在是很精彩的一道诏令。

战国时，信陵君之有候嬴、朱亥，平原君之有毛遂，孟尝君之有冯谖，甚至鸡鸣狗盗之流，以立不世之功，而使武帝为之心仪，所以表现"能容乃大"的风范。他也终能有卫青、霍去病、金日䃅之辈，以振大汉天威。

十二、出师表　诸葛亮

臣亮言：先帝①创业未半②，而中道崩殂（cú）③。今天下三分，益州罢弊④，此诚危急存亡之秋⑤也。然侍卫之臣，不懈于内；忠志之士，亡身于外者，盖追先帝之殊遇，欲报之于陛下也。诚宜开张圣听⑥，以光先帝遗德，恢弘志士之气；不宜妄自菲（fěi）薄⑦，引喻失义⑧，以塞忠谏之路也。

宫中府中，俱为一体，陟（zhì）罚臧否（zāng pǐ）⑨，不

---

① 先帝：指蜀汉昭烈帝刘备。这时刘备已经死了，所以叫先帝。
② 创业未半：刘备立志光复汉室，统一中国，但他死时，仍是三国鼎立的局面，蜀汉的领土最小，所以说"创业未半"。
③ 崩殂：死亡。古代天子死称崩。
④ 罢弊：困乏。罢：同"疲"，困苦。弊：败坏。
⑤ 秋：时候。这里可解释为"紧要关头"。
⑥ 开张圣听：扩大圣君的见闻。开张：开展。圣听：皇上的听闻。
⑦ 妄自菲薄：不知自重，自以为卑贱。
⑧ 引喻失义：引证比喻的事情，不合义理。
⑨ 陟罚臧否：赏善罚恶。陟：升擢、奖赏。臧：善。否：恶。

宜异同。若有作奸犯科①,及为忠善者,宜付有司,论其刑赏,以昭②陛下平明之治,不宜偏私,使内外异法也。

侍中、侍郎郭攸之、费祎、董允等,此皆良实,志虑忠纯,是以先帝简拔③以遗陛下。愚以为宫中之事,事无大小,悉以咨④之,然后施行,必能裨(bì)⑤补阙漏,有所广益。将军向宠,性行淑均,晓畅军事,试用于昔日,先帝称之曰"能",是以众议举宠为督。愚以为营中之事,悉以咨之,必能使行(háng)阵⑥和睦,优劣得所⑦。亲贤臣,远小人,此先汉所以兴隆也;亲小人,远贤臣,此后汉所以倾颓也。先帝在时,每与臣论此事,未尝不叹息痛恨于桓、灵⑧也。侍中、尚书、长史、参军,此悉贞亮死节⑨之臣也,愿陛下亲之信之,则汉室之隆,可计日而待也。

臣本布衣⑩,躬耕于南阳,苟全性命于乱世,不求闻达⑪于诸侯。先帝不以臣卑鄙⑫,猥(wěi)自枉屈⑬,三顾臣于草庐之中,咨臣以当世之事,由是感激,遂许先帝以驱驰。后

---

① 作奸犯科:做坏事,触犯法令科条。科:法条。
② 昭:表明。
③ 简拔:选拔。简:选择。
④ 咨:询问、商量。
⑤ 裨:助益。
⑥ 行阵:行伍之间。
⑦ 优劣得所:依才能的高低,而分派适当的职位,使人尽其才。
⑧ 桓、灵:东汉桓帝刘志、灵帝刘宏,皆昏庸无能,信任宦官外戚,朝政腐败。
⑨ 贞亮:忠正诚信。死节:能为节义而死。
⑩ 布衣:平民。古代平民大都穿麻布的衣服。
⑪ 闻达:名位。闻:声名。达:官位显达。
⑫ 卑鄙:低微粗野,这是谦辞。
⑬ 猥:屈辱。猥自:贬抑自己的身份。枉屈:委屈。指刘备不惜降低身份,委屈自己。

值倾覆①，受任于败军之际，奉命于危难之间，尔来二十有一年矣！先帝知臣谨慎，故临崩寄臣以大事②也。受命以来，夙夜忧叹，恐托付不效，以伤先帝之明。故五月渡泸③，深入不毛④。今南方已定，兵甲已足，当奖率三军，北定中原，庶竭驽钝⑤，攘除奸凶⑥，兴复汉室，还于旧都：此臣所以报先帝而忠陛下之职分也。至于斟酌损益⑦，进尽忠言，则攸之、祎、允之任也。愿陛下托臣以讨贼兴复之效⑧；不效⑨，则治臣之罪，以告先帝之灵。若无兴德之言，责攸之、祎、允等之慢，以彰⑩其咎⑪。陛下亦宜自课，以咨诹（zī zōu）⑫善道，察纳雅言⑬，深追先帝遗诏⑭。臣不胜受恩感激，今当远离，临表涕泣，不知所云。

---

① 倾覆：失败，指刘备在湖北当阳长坂坡，被曹操打败，退保夏口的事。
② 临崩寄臣以大事：刘备在白帝城病重，临死托付诸葛亮全权辅政。
③ 泸：水名，即今四川金沙江，那时南方孟获造反，诸葛亮率军南征，与孟获接战，曾经七擒七纵。
④ 不毛：瘠土不生五谷，指蛮荒的地方。毛：草木。
⑤ 驽钝：谦称自己才能低劣。驽：劣马。钝：锋刃不利。
⑥ 奸凶：指曹魏。
⑦ 斟酌损益：权衡得失。斟酌：度量事情的可否而去取。损：减少。益：增多。
⑧ 效：名词，任务。
⑨ 效：动词，作"成功"讲。
⑩ 彰：表明。
⑪ 咎：罪过。本句从"若无"以下，《文选》有缺文，今依《三国志·董允传》中所节录的，加以增补。
⑫ 咨诹：询问。
⑬ 雅言：正言。
⑭ 遗诏：指刘备的遗嘱。其中有告诫刘禅的话："勉之！勉之！勿以恶小而为之，勿以善小而不为。惟贤惟德，能服于人。"

【语译】

臣诸葛亮上奏：先帝所致力的复兴大业，还没有完成一半，他就在中途逝世了。现在天下是魏、蜀、吴三国鼎立的局面，我们益州又正民穷财尽、疲弱不堪，这真是危急存亡的紧要关头啊！这时侍卫的大臣们，在朝廷内勤理政务，想有所作为；忠勇的将士们，在战场奋不顾身，为国效命，这是因为追念先帝曾待他们特别好，想转而报答于陛下。所以陛下应该扩大胸襟，广泛听取群臣的意见，来显扬先帝采纳诤言的遗德，鼓舞忠臣志士们讨伐贼人、兴复汉室的勇气；不可以任意看轻自己，把不合义理的事拿来做比喻，以致堵塞了忠臣劝谏的通道。

在皇宫和在丞相府供职的，同是一朝之臣，所以赏善罚恶，不应该有不同的标准。如有奸邪营私、触犯法令的，或是有忠良善行的，都应该交给主管部门的官员，依法分别奖励和惩罚，借以表彰陛下公平、开明的政治作风，不可存有偏见私心，使宫内和宫外的丞相府有不同的法制。

侍中、侍郎郭攸之、费祎、董允等人，都是贤良忠实的人，他们有忠贞的气节和纯正的胸怀，所以先帝才选拔留给陛下任用。我以为宫内大小事情，先和他们商量，然后再实行，定能避免缺失和疏漏，得到很大的益处。将军向宠，性情贤良，行事公正，精通军事；以前试用的时候，先帝曾称赞他"能干"，所以大家公议推举他做都督。我以为军营中的事，都去询问他，定能使军队和睦，无论才能高下，都能得到适当的安排。亲近贤臣、远离小人，这是前汉兴隆壮盛的原因；亲近小人、远离贤臣，这是后汉所以倾覆颓败的根由。先帝在世时，每次和我谈论到这件事，没有不叹息痛恨桓帝、灵帝的失政。侍中、尚书、长史、参军，这些都是忠直信实、能为节义而死的臣子，希望陛下亲近他们、信任他们，那么汉朝的兴盛，也就在可预计的未来等待实现了。

  我本来只是个平民,在南阳郡耕种为生,只求在乱世中苟且保全生命,不想在诸侯间扬名。先帝不嫌我低微鄙陋,竟委屈自己、降低高贵的身份,三次到草庐中探访我,问我当世大事,因此感激在心,答应先帝为国事奔走效力。后来正遭到重大的挫败,我接受任务是在军队溃败的时候,奉命支撑那危险艰难的局面,从那时到现在已经有二十一年了!先帝知道我做事谨慎,所以临终时把国家大事托付给我。接受命令以来,早晚忧虑辛劳,唯恐先帝托付给我的任务不能成功,而伤了先帝的知人之明。所以五月间,我率兵渡过泸水,深入草木不生的蛮荒地带。现在南方已经平定,兵备已经充足,该奖励并率领三军,北伐平定中原,希望能竭尽我低劣的才能,消灭邪恶的曹魏,复兴汉朝,回到旧时的国都,这是我报答先帝和尽忠陛下的职责本分。至于政治上权衡得失,尽力贡献忠实的建议,那是郭攸之、费祎、董允的责任。希望陛下把讨伐国贼、复兴汉室的任务托付给我,如果不能成功,就给我严正的处分,以祭告先帝在天之灵。如果没有增进德行的嘉言,就应斥责郭攸之、费祎、董允这些人的疏忽怠慢,指明他们的过失。至于陛下也应该自我勉励,征求好的意见,明察并采纳正当的建议,遵循先帝的遗训。我身受大恩,万分感激,现在要远离出征,写这份表章时,感情激动,热泪盈眶,自己也不知道说了些什么。

【赏析】

  东汉献帝建安二十五年(220)曹丕篡汉自立,是为魏文帝。第二年,刘备在成都即帝位,以诸葛亮为丞相。诸葛亮的隆中献策,这时只做到"跨有荆、益,保其岩阻"。但"外结好孙权"的策略,却因关羽被害而付诸东流。

刘备为手足情深,愤而大举伐吴,不幸遭遇惨败。章武三年(223),刘备病重,召诸葛亮托以后事,说刘禅可辅,则辅佐他;如果不才,可自己取而代之。诸葛亮涕泣说道:"臣敢竭股肱之力,效忠贞之节,继之以死。"刘备就诏敕刘禅要对诸葛亮事之如父。

刘备死后,诸葛亮毅然负起艰巨的重任,建兴三年(225),率兵南征,深入不毛之地,直到滇池,以仁德服众。在南方平定之后,诸葛亮的心愿是兴复汉室,还于旧都,这也是隆中献策的终极目标。他深知,不论是土地资源,或人才武备,蜀汉样样远不如曹魏,不能以持久取胜,于是掌握时机,毅然出师北伐,那时是建兴五年(227)。

诸葛亮出师前,上书给后主刘禅,劝他近贤纳谏,以复兴汉室。这篇上书原本没有题目,《文选》选录时,就冠上《出师表》这个篇名。其实,建兴六年,诸葛亮出兵散关,出师前再度上书,所以后人通常称本篇为《前出师表》,建兴六年所上的为《后出师表》。

诸葛亮(181—234),字孔明,琅琊郡阳都县(今山东省沂水县南)人,他是中国历史上著名的政治家、军事家,他在中国社会里,不但是家喻户晓,而且是贤臣名相的典范,甚至是智慧和才能的偶像,人人对他都有无比的敬佩。这固然是受到小说和戏剧的影响,但也要归功于他人格的崇高。他虽然不以文章著称,但读他的《出师表》,可以见其谋国之忠、任事之勤,也足以惊天地、泣鬼神,光昭青史,垂范百代,所以传诵千古,后人还说"读《出师表》而不流涕者,其人必不忠",可见这篇文章感人之深了。

本文大体可以分为四段:

第一段劝勉后主不要堵塞忠谏之路,以光先帝之德。以"先帝创业未半,而中道崩殂"落笔,即表露谋国老臣,百感交集,见其满腔忠诚。然后剖析当时形势,虽天下三分,但蜀国疲敝,十分可虑,所以说"此诚危急存亡之秋",点出他的满腹心酸和忧伤。

刘备不依他们原先所订定的长期战略,弄得兵败人亡,国力大伤,如今刘禅庸庸碌碌,他怎能不暗自感慨!虽然如今还能有平稳的局面,那都是侍卫之臣和忠志之士效忠而得,这些还得归功于先帝,可不是这个扶不起的阿斗所具有的能耐,这些又是老臣的口吻。在这里不着痕迹,从先帝引入后主,诚为高妙。既然引到后主,自不免恳切叮咛:"诚宜开张圣听,以光先帝遗德,恢宏志士之气",看来是后主平时不喜欢听取臣下的意见,诸葛亮不得不言辞恳直,谆谆告诫。当然,这位才智平庸的刘禅,即位时才十七岁,这些朝廷文武百官,都是他父亲的患难之交,功在国家,而他既背负兴复汉室的重责大任,又面对伯伯叔叔们直言,他内心自然十分受不了。诸葛亮只得勉励他不辱先人,广开言路,力图振作,以恢宏志士之气。不要妄自菲薄,去引用公孙述、刘璋等失败的往事,就以为不能恢复汉室,令志士气馁、忠臣灰心。

第二段劝后主对宫府内外,要一视同仁,以昭平明之治。刘禅既怕见大臣,而对丞相诸葛亮,更敬畏三分,自不免多和宫中佞臣亲近,而对丞相府的官员心存偏见,甚或纵容小人,宦官犯法,曲予庇护,忠臣劝谏,反受惩处。所以诸葛亮要他表现公平开明的政治,有关赏罚,应该交给司法部门公正评断,避免主观偏私。

诸葛亮写到这里,几句话中,已连用"诚宜""不宜""不宜""宜""不宜",显然是告诫的口吻,照理说,人臣向君主进言,用这种告诫口吻,似乎不大尊敬。但他们关系特殊,他是元老又兼师保,更有先帝事之如父的遗诏,刘禅暗弱,他不如此加强语气,如何提醒后主留心国事、惕厉振作?何况他在字里行间,仍表露了君臣的礼节和应有的恭谨,所以这些字眼,正足以表现那恳切的情义,和那耿耿赤诚,都还恰得其分。这正是后人所谓"事凡庸之君,专权而不失礼,行君事而国人不疑"的表现,是十分难得的。

第三段是举忠良死节之士,勉其亲贤臣、远小人,以复兴汉室。提勉了治理的原则之后,自然要提出具体的办法。刘禅才智平庸,又少不更事,想"开张圣听",但老相国要出师远征,到底要听谁的?内心恐怕也没凭准,所以诸葛亮要提出可以"悉以咨之"的人选。把不懈于内的侍卫之臣,列举出来,并把忠志之士也指出来,并且说明这些都是先帝所简拔、所称许,可不是他在培植自己的势力,以释权臣压主之嫌。这些可信任的贤臣,应多加亲近。这为警策后主,不要被群小包围,特别指陈西汉之兴隆,是亲贤臣、远小人;后汉之倾颓,是因为亲小人、远贤臣。说到这里,又托言先帝之痛恨,然后由历史的鉴戒,再落实到现实的人事,真的是用心良苦。

第四段是追叙先帝的殊遇,表明出师图报的忠诚,以讨贼自誓,并勉后主要察纳雅言,恪遵先帝的遗教。由于他态度严正、语气坦率,怕后主反感,又不得不表明那"两朝开济老臣心",说本是布衣之身,原有隐逸之志,由于先帝知遇之恩,三顾茅庐,再寄予托孤之任,所以夙夜忧勤,并举渡泸的事为证,这些都可见其有狷者的淡泊、狂者的担当。如今要奖率三军,北定中原,忘身于外。国内政事,则由郭攸之、费祎、董允去斟酌损益,进尽忠言,各司其职、各负其责。

不过话说回来,最重要的还是后主咨诹善道,察纳雅言。真是叮咛再三,最后又提"先帝遗诏",抒发心中无限感慨,点出作表原因以作结。其间喻之以理、动之以情,不但说理明切,义正词严,而且情挚意厚,感人肺腑。

我们读《出师表》所看到的诸葛亮,可不是手持羽扇的优游模样,而是殚精竭虑、公忠体国,仆仆风尘于南征北讨之途。国都里那"扶不起的阿斗",在那儿"引喻失义",教人凉了半截!又在那儿"内外异法",教人火冒三丈!还在那"亲小人、远贤臣",教人心里淌血!让这位答应"竭股肱之力,效忠贞之节,继之以死"

的诸葛亮,多么不放心啊!他要率军北伐,对这位看着长大的幼主,不免耳提面命,谆谆告诫。

只可惜后主毕竟才庸智浅、少不更事,既登帝位,他肯接受告诫吗?会产生反感吗?何况在位者的身边,总有那些争宠的小人在煽火,诸葛亮怎能不顾忌?君臣的礼节也不能逾越。其间的分寸,是多么不容易把握。

我们读《出师表》,从那质朴的文字,流露深厚的感情,句句出自至诚,不难看到那忠贞的志节,也该不难感受到他扶持后主的宽严两难。他不能不告诫,不能不叮咛,但他更不能不维护君臣之礼,不能不考虑后主承受的程度。所以文中称先帝者十三次,固然见作者追怀先帝的深切,和忠爱君国的赤诚,也见到擘画筹谋、顾虑立场的谨慎。唯有语语托诸先帝,事事归诸先帝,才能把顾命之臣权压幼主的气氛,减到最低的程度,这才能振聋发聩,使他开诚布公、咨诹善道。

读《出师表》所以流涕,就是那耿耿忠义的苦心孤诣,着实令人感动。同时,他表现出智者的智慧、仁者的胸怀和勇者的担当,更令人钦仰。他功在家国,言垂后世,立德、立功、立言三不朽,他兼而有之,所以是中国读书人的典范。

十三、陈情表 李密

臣密言:臣以险衅①,夙遭闵凶②。生孩六月,慈父见

---

① 险衅:命运恶劣。险:艰辛。衅:祸兆。
② 闵凶:忧患凶祸,指父死母去。

背①。行年四岁,舅夺母志。祖母刘愍②臣孤弱,躬亲抚养。臣少多疾病,九岁不行;零丁③孤苦,至于成立。既无叔伯,终鲜兄弟;门衰祚薄,晚有儿息。外无期功④强近之亲,内无应门五尺之僮;茕茕独立,形影相吊⑤。而刘夙婴⑥疾病,常在床蓐;臣侍汤药,未曾废离。

逮奉圣朝,沐浴清化。前太守臣逵,察臣孝廉⑦;后刺史臣荣,举臣秀才;臣以供养无主,辞不赴命。诏书特下,拜臣郎中,寻蒙国恩,除⑧臣洗(xiǎn)马⑨。猥以微贱,当侍东宫⑩,非臣陨(yǔn)首⑪,所能上报。臣具以表闻,辞不就职。诏书切峻,责臣逋(bū)⑫慢。郡县逼迫,催臣上道,州司临门,急于星火。臣欲奉诏奔驰,则刘病日笃;欲苟顺私情,则告诉不许;臣之进退,实为狼狈⑬。

伏惟圣朝以孝治天下,凡在故老,犹蒙矜育⑭;况臣孤苦,特为尤甚。且臣少事伪朝,历职郎署,本图宦达,不矜名节。

---

① 见背:亲死叫见背,离我而去的意思。
② 愍:怜悯。
③ 零丁:危弱的样子。
④ 期功:期、功都是古代丧服的名称。期服一年;功服,小功服丧五月,大功服丧九月。
⑤ 相吊:相怜相慰。
⑥ 婴:缠。
⑦ 孝廉:古代一种功名,就是孝顺而清廉的人。
⑧ 除:任命,意思是除故官,就新职。
⑨ 洗马:辅佐太子的官,太子出去,乘马作前驱。
⑩ 东宫:太子居东宫,因此以东宫称太子。
⑪ 陨首:落首,就是牺牲生命。
⑫ 逋:逃避。
⑬ 狼狈:进退两难。
⑭ 矜育:怜惜抚育。

· 133 ·

今臣亡国贱俘，至微至陋，过蒙拔擢，宠命优渥；岂敢盘桓，有所希冀！但以刘日薄①西山，气息奄奄②，人命危浅，朝不虑夕。臣无祖母，无以至今日；祖母无臣，无以终余年。母孙二人，更相为命；是以区区③，不能废远。臣密今年四十有四，祖母刘今年九十有六，是臣尽节于陛下之日长，报养刘之日短也。乌鸟④私情，愿乞终养！

臣之辛苦，非独蜀之人士，及二州牧伯，所见明知；皇天后土，实所共鉴。愿陛下矜愍愚诚，听臣微志；庶刘侥幸，保卒余年。臣生当陨首，死当结草⑤。

臣不胜犬马怖惧之情，谨拜表以闻。

【语译】

臣李密奏道：臣因为命运恶劣，早年就遭受到忧患凶祸。生下才六个月，慈父便弃世。等到四岁，舅父逼母亲改变守节的志向而改嫁。祖母刘氏，可怜臣孤单幼小，亲自抚养。臣小时候多病，九岁还不能走路；在危弱孤苦之中，总算长大成人。既没有叔父伯父，也没有兄弟；门庭衰微，福分浅薄，很迟才有儿子。外面没有可以穿期服、功服等强有力而亲近的亲属，家里也没有看门听差的幼童；孤独支撑门户，只有形影相怜相慰。而刘氏早就有病，常常躺在床上；我侍候汤水吃药，不曾远离不顾。

---

① 薄：迫近。
② 奄奄：微弱的样子。
③ 区区：爱恋的意思。
④ 乌鸟：乌，孝鸟；母鸟老，小鸟能反哺。
⑤ 结草：死后报恩的意思。指春秋时晋魏颗改嫁父亲的宠妾，不使殉葬，后来她已过世的父亲结草帮魏颗御敌的善报故事。

等到圣朝,身受清明的教化。先有太守臣逵,选拔臣做孝廉;后有刺史臣荣,推举我做秀才;臣因为无人奉养祖母,辞谢没有应命。谁知陛下特别颁下诏书,派臣做郎中;不久又蒙受国恩,改任臣为太子洗马。像臣这样卑微低贱,竟能得到服侍太子的荣耀,这种恩宠不是牺牲生命所能报答的。臣都已上表奏明,恳辞没有就职。可是诏书急切严峻,责备臣逃避怠慢。郡县差人逼迫,催促臣上路,州里官吏也上门,如流星火急。臣想遵奉诏书飞奔前往,可是刘氏的病势日渐沉重,想暂且顾及私情留下,请求又不被允许,臣的处境,实在是进退两难。

臣想圣朝是以孝道治理天下的。凡是故旧老人,都能蒙受怜恤养育;何况臣孤单困苦,比别人更厉害。而且臣年轻时曾在蜀汉做事,做尚书郎的官,本想在仕途上求得显达,并不注重名誉节操。现在臣是亡国低贱的俘虏,极为卑微鄙陋,承蒙过分提拔,恩宠这么优厚,臣哪里敢观望不前,别有希求!只是刘氏就像日落西山,气息微弱,生命垂危,旦夕不保。臣没有祖母,不能活到今天;祖母没有臣,不能终老残年。祖孙二人,相依为命,所以依恋不忍废养而远离。臣密今年四十四岁,祖母刘氏今年九十六岁,所以我尽忠于陛下的日子还很长,报答刘氏的日子却很短。这点像乌鸦反哺的私情,希望能得到体谅,答应臣终养祖母的请求。

臣困苦的情形,不只蜀地的人士,以及梁、益二州的首长,所看见所共知;就是天地神明,也全清楚。希望陛下怜悯臣这一番诚心,成全臣这一份小小的心愿,这样刘氏才能侥幸安度晚年。这大恩大德,臣活着时,愿牺牲生命来报答,即使死后也会结草以报恩的。

臣怀着无限恐惧的心情,恭敬上表报告。

【赏析】

《陈情表》是一篇推辞征召的奏章。作者李密，字令伯，蜀汉犍为郡武阳县（今四川省眉山市彭山区一带）人，曾任蜀汉尚书郎，蜀亡后，晋武帝屡次征召，不肯赴任，于是逼迫甚急。李密在三国蜀汉时代，早已享有盛名，声望很高，晋武帝一方面是爱才，另一方面也是基于御用亡国之臣的征服心态，不容他推辞。李密深知原委，所以除了祖母病笃，不忍废离，未尝不是因爱惜自己羽毛，而不肯就任。但在晋君之前，怎敢抗命？内心当然十分痛苦，因此写了这篇发乎至情的文章。晋武帝受其感动，终于答应了他的请求，让他继续服侍祖母，等其病故服丧完毕才上任。

本文大体分四段：

第一段追叙自己的遭遇，而述祖孙二人相依为命的情形，作为第三段请求报养的张本。说身世以"险衅"而遭闵凶，加以概括描述。然后写失怙，才出生六个月，何其不幸，就没有了父亲。称父用慈，颇为特别，用以表示企望父爱的殷切；再写四岁失去母爱，夺字也表露了无奈的心情。于是引出祖母抚养的深恩。然后再进一层，说自己命乖，而多疾病，并举九岁都还不能走路的具体事实，强调祖母恩情深厚。

说明了自身的遭遇，转而写家世的孤单，上一代既无伯叔，没有可依恃的，这一代也没有兄弟可以互相帮忙，下一代也"晚有儿息"，层层转紧，道尽孤凉之情。并说在外头没有强而有力的近亲，家中也没有可以差遣的童仆。笔势一转，叙述祖母疾病，真是厄运连连，才说自己服侍汤药，不曾废离，为辞不赴任埋下伏笔。

第二段叙述州郡荐举，朝廷征召的经过，以及辞不就道的原因。先以"沐浴清化"作为受恩泽的总说，然后写由太守而刺史而中央的征召，这固然照时间先后排列，也正是从基层到最高阶层，层层叙述，前后以"辞不赴命"和"辞不就职"，很肯定的语气，说明坚定的立场。然而辞不赴命，自不免受到指责和逼迫，这些叙述则由中央而郡县而州司，由高阶层到低阶层，并且愈迫愈急，与前面次序相反，都整齐有致。至于"辞不赴命"的原因，就前后两次说明，即因"供养无主"，更因"刘病日笃"，可是"欲苟顺私情"，却得不到应允，所以"臣之进退，实为狼狈"。

第三段叙述自己辞谢征召，并不是干求名节，希冀美名，只是想报祖母的大恩。这一段一开始，就给晋武帝戴上一顶高帽子，同时也是搬他的石头砸他的脚，犹如"以子之矛，攻子之盾"，使他不得不应允，"凡在故老，犹蒙矜育"的朝廷，怎会不体谅"孤苦尤甚"的他呢？接着表明自己辞不从命，并不是矜持名节，有所希冀，极力贬抑自己，一见其谦虚，也见其情急。然后极力强调祖母刘氏命在旦夕，再强调两人相依为命，更以实际年龄，加强说服的力量，再以"乌鸟私情，愿乞终养"的低姿态，说明"辞不就职"的立场不变。

第四段是指天地以抒其诚，恳求允其所请。先表明心迹，为人神共鉴，则由蜀之人士，推而上到二州牧伯，更指皇天后土，犹如苦极呼天，都用了强烈的字眼，提出请求，也极激切，所谓"庶刘侥幸""生当陨首，死当结草"，气势沸腾，然后戛然而止，更以"不胜犬马怖惧之情"，点明心中的苦楚，饶有余味。

《陈情表》和《出师表》并称为中国抒情文之杰作，盖一表纯正的孝思，一表款款的忠诚，都流露了至情至性，都是"志思蓄愤，而吟咏情性"，为情而造文，自然感人至深。

《陈情表》所表现的世界，是残缺而美好，幼弱的李密，在祖母愍怜庇护下成长；气息奄奄的祖母，在李密乌鸟孝思中终养。人伦之情和人性至爱，使孤零的稚童得以壮硕，使凄独的晚年得以安

文选：文学的御花园

慰，使残缺的人生得以圆满。为孝养可以辞拒朝廷的征召，为亲侍汤药可以放弃高官厚禄，这正是中国文化的伦理价值观念。

十四、报任少卿书　司马迁

少卿足下：曩者辱赐书，教以慎于接物，推贤进士为务；意气勤勤恳恳，若望①仆不相师，而用流俗人之言。仆非敢如是也；仆虽罢驽②，亦尝侧闻长者之遗风矣。顾自以为身残处秽③，动而见尤，欲益反损；是以独郁悒而与谁语！谚曰："谁为为之？孰令听之？"盖钟子期死，伯牙终身不复鼓琴。何则？士为知己者用，女为悦己者容。若仆大质已亏缺④矣，虽才怀随、和⑤，行若由、夷，终不可以为荣，适足以见笑而自点⑥耳。书辞宜答，会东从上来，又迫贱事，相见日浅，卒卒（cù）⑦无须臾之间，得竭志意。今少卿抱不测之罪⑧，涉旬月，迫季冬，仆又薄从上雍，恐卒然不可为讳⑨，是仆终已不得舒愤懑以晓左右，则长逝者魂魄私恨无穷，请略陈固陋。阙然久不报，幸勿为过！

---

① 望：埋怨。
② 罢驽：笨拙，低劣的意思。罢：与"疲"同；驽：劣马。
③ 身残处秽：身受腐刑而蒙受恶名。残：指受刑；秽：指恶名。
④ 大质已亏缺：身体蒙受刑戮，残缺不全。大质：大体，就是身体。
⑤ 才怀随、和：比喻本身所具有的才能非常可贵。随指随侯之珠，和指和氏之璧，都是极为珍贵的宝物。
⑥ 点：与"玷"通，污辱。
⑦ 卒卒：与"猝猝"同，匆忙的意思。
⑧ 不测之罪：不可测度的刑罪，就是死罪。
⑨ 不可为讳：就是死。不便说死，所以说"不可为讳"。

仆闻之：修身者，智之符①也；爱施者，仁之端也；取予者，义之表也；耻辱者，勇之决也；立名者，行之极也。士有此五者，然后可以托于世，而列于君子之林矣。故祸莫憯于欲利②，悲莫痛于伤心，行莫丑于辱先，垢莫大于宫刑③。刑余之人，无所比数，非一世也，所从来远矣。昔卫灵公与雍渠同载，孔子适陈；商鞅因景监见，赵良寒心④；同子⑤参乘，袁丝变色；自古而耻之。夫以中材之人，事关于宦竖，莫不伤气，而况于慷慨之士乎！如今朝廷虽乏人，奈何令刀锯之余，荐天下豪俊哉？仆赖先人绪业，得待罪辇毂（niǎn gǔ）⑥下二十余年矣。所以自惟：上之，不能纳忠效信，有奇策才力之誉，自结明主；次之，又不能拾遗补阙，招贤进能，显岩穴之士；外之，又不能备行伍，攻城野战，有斩将搴旗之功；下之，又不能积日累劳，取尊官厚禄，以为宗族交游光宠。四者无一遂，苟合取容，无所短长之效，可见于此矣。向者，仆亦尝厕下大夫之列，陪外廷末议，不以此时引维纲，尽思虑，今已亏形，为扫除之隶，在闒茸（tà róng）之中，乃欲仰首伸眉，论列是非，不亦轻朝廷、羞当世之士邪？嗟乎！嗟乎！如仆尚何言哉！尚何言哉！

且事本末未易明也。仆少负不羁之行，长无乡曲之誉，

---

① 符：凭信。
② 憯：同"惨"，惨痛。欲利：多欲而贪利。
③ 宫刑：一名"腐刑"，古代五种大刑中的一种，是割去男人生殖器的刑罚。
④ 赵良寒心：商鞅晋见秦孝公时，是由宦官景监的引荐，所以赵良就曾当面指斥过商鞅。寒心，内心深以为耻，不以为然的意思。
⑤ 同子：指赵谈，司马迁的父亲名谈，因为避讳，改称赵谈为同子。参：与骖同。参乘：陪乘在车右。
⑥ 辇毂：指天子的车驾。辇：天子所乘的车子；毂：车辐所凑集的地方。

文选：文学的御花园

主上幸以先人之故，使得奏薄伎，出入周卫①之中。仆以为戴盆何以望天②，故绝宾客之知，亡室家之业，日夜思竭其不肖之才力，务一心营职，以求亲媚于主上，而事乃有大谬不然者夫。仆与李陵，俱居门下，素非相善也，趣舍异路，未尝衔杯酒，接殷勤之欢。然仆观其为人，自奇士；事亲孝，与士信，临财廉，取予义，分别有让，恭俭下人，常思奋不顾身，以徇国家之急。其素所蓄积也，仆以为有国士之风。夫人臣出万死不顾一生之计，赴公家之难，斯以奇矣。今举事一不当，而全躯保妻子之臣，随而媒孽③其短；仆诚私心痛之！且李陵提步卒不满五千，深践戎马之地，足历王庭，垂饵虎口，横挑强胡，仰亿万之师，与单于连战十有余日，所杀过当。虏救死扶伤不给，旃裘之君长④咸震怖，乃悉征左右贤王⑤，举引弓之民，一国共攻而围之。转斗千里，矢尽道穷，救兵不至，士卒死伤如积。然李陵一呼劳，军士无不起躬流涕，沫血饮泣，张空拳，冒白刃，北向争死敌者。陵未没时，使有来报，汉公卿王侯皆奉觞上寿。后数日，陵败书闻，主上为之食不甘味，听朝不怡，大臣忧惧，不知所出。仆窃不自料其卑贱，见主上惨怆怛悼，诚欲效其款款之愚，以为李陵素与士大夫绝甘分少⑥，能得人之死力，虽古之名将不能过也。身虽陷败，彼观其意，且欲得其当而报于汉；事已无可奈何，其所摧败，

---

① 周卫：禁卫，引申指宫禁。
② 戴盆何以望天：人戴盆，视线被遮，就不能望见天，要望见天就不能戴盆。比喻事情往往不能兼得。既专心致力于史职，自然无暇再修人事。
③ 媒孽：嫁祸于人酝酿成狱的意思。
④ 旃裘之君长：裹着毛毡，披着皮衣的匈奴酋长。旃：与"毡"通。
⑤ 左右贤王：匈奴单于以下，有左、右两贤王，都是单于的子弟，左贤王相当于太子的地位。
⑥ 绝甘：是说摒绝美食。分少：是说东西虽少，也要与大家同分享。

功亦足以暴于天下矣。仆怀欲陈之,而未有路,适会召问,即以此指,推言陵之功,欲以广主上之意,塞睚眦①之辞。未能尽明,明主不晓,以为仆沮贰师②,而为李陵游说,遂下于理,拳拳之忠,终不能自列。因为诬上,卒从吏议。家贫,货赂不足以自赎,交游莫救;左右亲近不为一言。身非木石,独与法吏为伍,深幽囹圄之中,谁可告诉者,此真少卿所亲见,仆行事岂不然乎?李陵既生降,隤其家声,而仆又佴之蚕室③重为天下观笑。悲夫!悲夫!

　　事未易一二为俗人言也。仆之先非有剖符丹书④之功,文史、星历,近乎卜祝之闲,固主上所戏弄,倡优所畜,流俗之所轻也。假令仆伏法受诛,若九牛亡一毛,与蝼蚁何以异?而世又不与能死节者比,特以为智穷罪极,不能自免,卒就死耳。何也?素所自树立使然也。人固有一死,或重于泰山,或轻于鸿毛,用之所趋异也。太上不辱先,其次不辱身,其次不辱理色,其次不辱辞令;其次诎体⑤受辱;其次易服⑥受辱;其次关木索⑦、被箠楚受辱;其次剔毛发、婴金铁⑧受辱;其次毁肌肤、

---

① 睚眦:怒目相视的样子。
② 贰师:原是西域大宛的城名,汉武帝宠姬李夫人的哥哥李广义。
③ 蚕室:养蚕的房间,必须严密温暖,而腐刑怕风,必须进入密室才会安全,所以把施宫刑的密室,称为蚕室。
④ 剖符丹书:汉初封功臣,必分剖符节作为凭信。或颁赐铁券丹书,表示永不磨灭。
⑤ 诎体:长跪。诎:同"屈"。
⑥ 易服:换上犯人穿的衣服,被囚禁的意思。
⑦ 关木索:被加上桎梏绳索。关:贯穿的意思。木:桎梏;索:绳子。
⑧ 婴金铁:加上钳铐或锁链。婴:缠绕。

· 141

断支体受辱；最下腐刑，极矣。传曰："刑不上大夫①。"此言士节不可不勉励也。猛虎处深山，百兽震恐，及在槛阱之中，摇尾而求食；积威约之渐也。故士有画地为牢，势不可入；削木为吏，议不可对；定计于鲜也。今交手足，受木索，暴肌肤，受榜箠，幽于圜墙之中；当此之时，见狱吏则头抢地，视徒隶则心惕息，何者？积威约之势也。及以至是，言不辱者，所谓强颜耳，曷足贵乎？且西伯②，伯也，拘于羑里③；李斯，相也，具于五刑④；淮阴，王也，受械于陈⑤；彭越、张敖，南面称孤，系狱抵罪；绛侯诛诸吕，权倾五伯，囚于请室⑥；魏其⑦，大将也，衣赭衣，关三木⑧；季布为朱家钳奴⑨；灌夫受辱于居

---

① 刑不上大夫：这句话出自《礼记·曲礼上》。意思是说，大夫若有罪，赐予自尽，不加刑辱。古代必须是道德修养达到相当水准的人，才能由士而试用为大夫，所以一般常刑，都是为大夫以下的人而设置的。

② 西伯：文王姬昌，商纣时为西伯。伯：诸侯之长。

③ 拘于羑里：王曾被商纣囚于羑里（今河南汤阴县）。

④ 李斯，相也，具于五刑：李斯，楚国上蔡人。秦始皇时为丞相，二世即位，赵高擅权，诬陷李斯的儿子李由与盗匪相通，被腰斩于咸阳，所以说具五刑。五刑是指墨（刺面）、劓（割鼻）、剕（斫足）、宫（毁废生殖机能）、大辟（斩杀）。

⑤ 淮阴，王也，受械于陈：韩信最初被封为齐王，后来又改封为楚王。有人密告韩信造反，汉高祖采用陈平的计策，假装出巡，召韩信相会于陈，等他一到，就缚送到洛阳，虽救免为淮阴侯，最后还是被吕后所杀。

⑥ 绛侯诛诸吕，权倾五伯，囚于请室：周勃辅佐汉高祖平定天下，受封为绛侯，吕后死后，吕禄作乱，周勃与陈平合谋，诛杀吕氏，迎立汉文帝，担任丞相的职务，后来有人告他反叛，被捕下狱。请室：请罪之室。

⑦ 魏其：窦婴，汉文帝窦后的侄子。景帝时平定七国之乱有功劳，封为魏其侯。后来因为救灌夫得罪，被捕加上刑具，最后被斩首弃市。

⑧ 三木：刑具，就是颈上的枷、脚上的桎和手上的梏。

⑨ 季布为朱家钳奴：季布，楚国人，是项羽的部将，曾屡次追逐汉高祖，项羽被灭后，高祖悬赏缉捕。季布隐藏在濮阳姓周的人家里，周氏将季布的颈子套上铁圈杂在群奴之中，转卖到朱家手里，再由朱家替他设法，解除搜捕令。

室①。此人皆身至王侯将相,声闻邻国,及罪至罔加,不能引决自裁②,在尘埃之中。古今一体,安在其不辱也。由此言之,勇怯,势也;强弱,形也。审矣,何足怪乎!夫人不能早自裁绳墨之外,已稍陵迟,至于鞭箠之间,乃欲引节,斯不亦远乎?古人所以重施刑于大夫者,殆为此也。夫人情莫不贪生恶死,念父母,顾妻子,至激于义理者不然,乃有所不得已也。今仆不幸,早失父母,无兄弟之亲,独身孤立,少卿视仆于妻子何如哉?且勇者不必死节,怯夫慕义,何处不勉焉。仆虽怯懦欲苟活,亦颇识去就之分矣,何至自沉溺缧绁③之辱哉!且夫臧获婢妾,犹能引决,况仆之不得已乎!所以隐忍苟活,幽粪土之中而不辞者,恨私心有所不尽,鄙陋没世,而文采不表于后世也。

　　古者富贵而名摩灭,不可胜记,唯倜傥④非常之人称焉。盖文王拘而演《周易》;仲尼厄而作《春秋》;屈原放逐,乃赋《离骚》;左丘失明,厥有《国语》;孙子膑脚⑤,《兵法》修列;不韦迁蜀,世传《吕览》⑥;韩非囚秦,《说难》《孤愤》⑦;

---

① 灌夫受辱于居室:灌夫,曾任将军,为人刚直好酒。因为在丞相田蚡家借着酒醉骂人,当即被捕下狱。居室:监狱。

② 引决自裁:引决,是说作决断,与自裁同是自杀的意思。

③ 缧绁:用来拘捕罪人的绳索。绁,也写作"线"。

④ 倜傥:高超特异。

⑤ 孙子膑脚:孙膑,齐国人,与魏国人庞涓一齐跟鬼谷子学兵法。庞涓为魏国大将,嫉妒孙膑的才能,于是设计诱骗他到魏国,砍掉双脚,使他变成残疾人。膑:古代砍脚的刑罚。

⑥ 不韦迁蜀,世传《吕览》:吕不韦,号仲父,秦始皇时做宰相。曾召集门下士撰著《吕氏春秋》。后来被免去宰相的职位贬到四川,畏罪自杀,《吕氏春秋》才渐为世人所重视。

⑦ 韩非囚秦,《说难》《孤愤》:韩非是韩国的公子,与李斯都是荀况的学生,起初上书劝谏韩王,韩王不听,于是作《孤愤》《说难》等十几万字,秦王读后十分赞赏,设法把他弄到秦国去,他到秦国以后,由于李斯的诬陷,终于被害死。

《诗》三百篇大底贤圣发愤之所为作也。此人皆意有所郁结,不得通其道,故述往事,思来者。乃如左丘无目,孙子断足,终不可用,退而论书策,以舒其愤,思垂空文以自见。仆窃不逊,近自托于无能之辞,网罗天下放失旧闻,略考其行事,综其终始,稽其成败兴坏之理,上计轩辕,下至于兹。为十《表》、《本纪》十二、《书》八章、《世家》三十、《列传》七十。凡百三十篇,亦欲以究天人之际,通古今之变,成一家之言。草创未就,会遭此祸,惜其不成,已就极刑而无愠色,仆诚以著此书,藏诸名山,传之其人,通邑大都;则仆偿前辱之责,虽万被戮,岂有悔哉,然此可为智者道,难为俗人言也。

且负下①未易居,下流多谤议。仆以口语遇遭此祸,重为乡党所笑,以污辱先人,亦何面目复上父母之丘墓乎?虽累百世,垢弥甚耳。是以肠一日而九回,居则忽忽若有所亡,出则不知其所往。每念斯耻,汗未尝不发背沾衣也!身直为闺阁之臣②,宁得自引于深藏岩穴邪!故且从俗浮沉,与时俯仰,以通其狂惑。今少卿乃教之以推贤进士,无乃与仆之私心剌谬乎!今虽欲自雕琢曼辞③以自饰,无益,于俗不信,适足取辱耳。要之死日,然后是非乃定。书不能悉意,故略陈固陋。谨再拜。

【语译】

少卿足下:前些时承蒙来信,教我务必要交友谨慎,推举贤才,引进士人,语气非常诚恳,好像埋怨我不肯采纳,而当作一般凡夫

---

① 负下:负瑕,比喻曾被幽囚的事。
② 闺阁之臣:闺阁,指宫禁。身受腐刑,好像阉宦,所以称闺阁之臣。
③ 雕琢曼辞:雕琢优美的文辞。雕:同"雕";曼:美的意思。

俗子的意见来看待，其实我是不敢这样的。我虽然平庸，也曾领略过长者的风范，但是觉得自己身体残疾，处在极耻辱的地位，动不动就要被人指责，想做有益的事反而招来损害，所以心中非常愁闷，却没有人可以倾诉。正如俗语所说："我为谁去做事呢？做了事又有谁来听我诉说呢？"所以钟子期死了以后，伯牙就终身不再弹琴。这是为什么呢？因为士人只为了解自己的人效力，女人只为喜欢自己的人打扮啊！像我身体蒙受刑戮，已经残缺不全，纵然怀有像随侯之珠、卞和之璧那样出众的才华，像许由、伯夷那么清高的行谊，终究不可以视为荣耀，恰足以引人发笑，自取污辱罢了。你的信本该早日奉答的，不巧逢到我刚刚跟从皇上从东部回到长安，又被一些琐碎的杂事所羁绊，你我见面的机会很少，忙忙碌碌没有一点儿空闲，未能够向你诉尽我的心意。现在你犯了生死不可测的罪，再过个把月，冬末大审就要来临，我又要跟皇上往雍地祭祀，恐怕匆促之间你有个三长两短，这样我就永远也无法宣泄我内心的悲愤和苦闷让你了解，那么对你这一去不返的魂魄，也许会因为没有我的回信而私自抱恨无穷。因此现在我就简略地陈述一下我鄙陋不堪的看法。耽搁好久没有回信，希望你不要怪罪。

　　我听说过，修养身心，是培养智慧的凭借；乐于施舍，是仁爱的开端，严于取予，是正义的表现；知耻忍辱，是勇气的表现，建立名誉是行事的至高理想与目标。士人具备这五项，然后可以立足在世上，加入君子的行列中。所以祸患没有比想求私利更惨痛的，悲哀没有比心灵创伤更痛苦的，行为没有比辱没祖先更丑恶的，而耻辱没有比受宫刑更严重的。受刑而身体残缺的人，是无法和正常人相提并论的，不只现代如此而已，这由来已久了。以前卫灵公跟太监雍渠同车，孔子就离开卫国往陈国，商鞅因为由太监景监引荐，赵良就知道他有祸事，为他担心，赵谈陪文帝坐车，袁丝惊异得变了脸色赶忙谏阻，可见自古以来便把这种受刑的人当作是可耻的。中材的人，凡事只要牵涉到太监，没有不气短沮丧的，何况是那些意气激昂的豪杰之士呢！如今朝廷虽然缺乏人才，又怎么能叫受过宫刑的人去推荐天下的豪杰呢？我依靠先人的余荫，能够在皇帝銮驾之下任职二十多年。自己想想，往高层面说，不能尽忠守信、贡献奇策、表现高才、赢得美誉，使明主重用；其次，又不能讽谏和弥补人主的缺漏，引进贤能的人，使隐居山野的高士出来为国服务。对外，不能参加军队，攻取城池，进行野战，建立斩杀敌将、拔取敌旗的功劳。往下层面说，不能日日累积勋劳，博取高官厚禄，使宗族和戚友都受到荣宠。上述四项中我没有一项能做到，只是苟且迎合他人，借以取得容身之地，一切表现都谈不上什么是非善恶，便由此可见了。从前我也曾参与在下大夫的行列里，陪坐在外廷朝臣议席之末，进献策略谋划，竭尽思虑，如今已身体残缺，做扫除的贱役，处在低微卑贱的地位中，竟想仰首伸眉，议论是非，这样难道不是在轻视朝廷、羞辱当代的才识之士吗？唉！唉！像我这样的人还能说什么呢？还能说什么呢？

并且事情的根源也不是容易使人明白的。我年少时自恃材质高远，不受拘限，可是长大后在乡里之间并没有美誉，幸而皇上因为先人的缘故，使我能够贡献浅薄的才能，出入宫禁之中。我以为人戴了盆就不能望天，应专心职责，所以谢绝宾客的交游，忘记家业的经营，日夜想竭尽我薄弱的才力，专心一意奉公尽自己的本分，希望赢得主上的欢心，可是事实发展却大相径庭。

我和李陵同为侍中，平素并没有什么交情，志趣也不相同，不曾在一起喝酒交欢，也没有交往频繁、情投意合的欢乐。然而我观察他的为人，自是不平凡的人，他事奉尊亲很孝顺，与人交往有信用，对于钱财很清廉，取予合乎道义，对长幼各有礼貌，恭敬节俭而又谦卑下人,常想奋发有为,为致力国家的危难而不顾自身的性命。从他平素行事抱负综合表现看来,他大有国士的风范。做人臣的,能出入万死之地,不顾惜自己的生命,为国家的急难效力,这可以算是奇才了。

如今做事只要稍有不妥当,那些在朝廷安泰保全自身和妻子的臣子,便接着说长道短,制造流言,故意陷人于罪,我内心实在是悲痛极了!而且李陵所率领的步兵不到五千人,深入兵马纷驰的战场,到达单于的王庭,像以自身为食饵送进虎口,诱敌围攻,横加挑衅,引诱敌人,迎战亿万的大军,和单于一连打了十几天的仗,所杀的敌军数量,超过了他自己兵力的数目。敌人被杀得来不及救护伤亡,匈奴酋长大为震惊,就征集他们各部落的左右贤王,集中所有的弓弩手,以全国的兵力围攻李陵。我军辗转战斗了千里之远,最后箭石射尽也没有退路,救兵又不到,兵士死伤累累如同山积。

然而李陵一声高呼奋战,兵士没有不立时起身,流着眼泪,血迹满面,饮泣吞声,拉开空弦,冒着白刃,争着向北冲去,和敌人死拼。李陵的军队还未陷没时,使者传来捷报,汉朝的公卿王侯都举杯向皇上庆贺。隔几天以后,李陵战败的消息传来,皇上因此吃不下饭,听政也不喜悦,大臣忧愁恐惧,不知如何是好。我不顾自己地位卑贱,看见主上忧伤愁苦的样子,实在想贡献自己诚恳的愚见,以为李陵平常与士大夫相处能摒绝美食,东西虽少,也要与大家共同分享,很能得到别人的死力帮助,即使是古代的名将也不过如此。他虽然战败陷落在敌人手中,不过看他的意思,是想俟机建功抵罪,报答国家,事情已是无可奈何,以他重创敌军的战果,功劳也足以显扬于天下了。

我心里有这种想法要陈述,却没有机会,正巧主上召见询问,我就以这个意思,说明李陵的功劳,想由此宽解主上的愁闷,以堵

文选：文学的御花园

塞那些仇家挟嫌诬陷的言辞。谁知我还没有解说明白，主上不能深知，以为我在毁谤贰师将军，替李陵做说客，于是把我下狱交狱官审问，一片忠诚，终究没有机会自陈。被误为欺蒙主上，最后听从法吏论断，判定有罪。可怜我家境清贫，没有足够的家财可以赎罪，平日交往的朋友，也没有能来营救的，左右亲近的人，也不肯为我说一句话。我不是木石，独自和狱吏为伴，深闭在监狱中，这种冤苦有谁可以倾诉呢？这是你亲眼看见，我的行事难道不对吗？李陵既然生降敌人，败坏他的家声，而我又被推入密室受宫刑，更被天下人看作笑话。可悲啊！可悲啊！

　　事情可不是容易一一向世俗之人说明的。我的先人没有剖符节、赐丹书的功勋，只掌管文章、史籍、天文、律历等事，与卜筮和祝祷一类的人相近，本来是主上所戏弄，被当作唱歌杂耍的优伶般蓄养着。这些职位是一般人所轻视的。假使我当时服法受死，就像九头大牛身上掉落的一根毛，跟蝼蛄蚂蚁的死，又有什么两样？而世人也不会拿我和那些能死节的人相比，只以为我才穷智短，罪大恶极，没有办法洗脱罪名，终究不免一死罢了。为什么呢？是由于自己平素所为才变成这个样子的。

　　人本来都得一死，但死的意义有的比泰山还重，有的却比鸿毛还轻，这是"为什么而死"有所不同的缘故啊！最上等的是不辱及祖先，其次一等是不使自身受辱，再次一等是不使颜面受辱，其次一等不受言辞命令的羞辱，其次一等是长跪受辱，其次一等是换穿囚衣受辱，其次一等是戴上刑具，受到杖刑的羞辱，其次一等是被剃毛发、颈上加锁链受辱，其次一等是毁伤肌肤，截断肢体受辱，最下等的是宫刑，那是最大的耻辱了。古书上说："刑辱不加在大夫的身上。"这是说士人不可不砥砺节操，凶猛的老虎在深山里，百兽都怕它，等它落入陷阱或被关入铁笼，也只得

· 148 ·

摇尾乞食,以前的威严,受到人的折磨凌辱后,会渐渐地消磨殆尽的。所以士人虽然只在地上画线做监牢,也不肯进去,虽削木头当作狱吏,也不愿接受审问;这只为那些极难得发生的事而早做打算的呀!如其不然,等到手脚被绑,戴上刑具,袒露肌肤,遭受杖打刑辱,被囚禁在监狱里面,在那个时候,见到狱官就叩头乞哀,看到狱卒就惊恐而呼吸急迫,为什么呢?这是长久被押,受制于吏卒的淫威胁迫而造成的。已经到这步田地,还说并未受辱,那只是遮羞充面子罢了,有什么可贵呢?而且西伯是诸侯之长,还被商纣囚于羑里;李斯贵为宰相,仍遍受五刑;淮阴侯韩信曾为齐王,在陈地照样被捆绑;彭越、张敖,都曾为王称孤,却也因罪名被囚于狱中;绛侯周勃平定吕姓外戚,权势超过五伯,结果也被囚在请罪室中;魏其侯窦婴是大将军,穿上囚犯的罪衣,颈枷、足桎、手梏一样加在身上;季布被剃发钳颈,卖身为朱家奴隶;灌夫被囚在监狱中。

　　上述这些人都曾做过王侯宰相,声名远播于邻国,等到获罪触犯法网,不能及早自杀,在囚禁之中,蒙受羞辱,古今情形是一样的,哪里能不受辱呢?这样看来,勇敢或胆怯,是情势造成的;刚强或软弱,得依当时情况而定。明白这些以后,还有什么值得奇怪的呢?而且一个人不能在法律制裁之前先行自杀,已显得卑下了,等到被鞭打时,才想激励气节而自杀,这不是太迟了吗?古人所以不轻易对大夫施刑,大概就是为这个缘故。人之常情没有不贪生怕死、思念双亲兄弟、眷恋妻子的,可是等到被义理所激动时就不是这样了,这是不得已的。现在我不幸双亲早死,又没有兄弟亲人,形单影只,孤立无援,你看我对妻子是怎样的呢?真是那么眷恋吗?勇敢的人固然不一定要为坚守节义而死,可是怯懦的人却因为仰慕正义,又哪能不奋勉去尽死节呢!

文选：文学的御花园

　　我虽然怯懦软弱，想苟且求活，也很了解舍生取义的道理，怎会自顾沉溺在监狱里受辱呢！连奴隶婢妾，还能自杀，何况像我呢？我这样实在有不得已的苦衷啊！所以忍辱偷生，堕落在污秽的监狱里而不推辞，是抱恨我决心要做的事还没有完成，遗憾死得无声无息，而文采不能显扬于后世。

　　古时大富大贵而死后声名埋没的，多得不可胜数，只有高超特异的人能被称扬。西伯被囚禁才推演《周易》；孔子遭困厄才写作《春秋》；屈原被放逐，才赋出《离骚》；左丘明眼睛失明才编成《国语》；孙子断脚，才写成《兵法》；吕不韦被贬到四川，才有《吕氏春秋》流传后世；韩非在秦被囚，才写成《说难》《孤愤》；《诗经》三百篇，大抵都是圣贤们心有忧愤而奋发创作的。这些人都是心有郁结苦闷，又没有办法宣泄消解，所以记述过去的事，想使后人明白自己的心意。至于像左丘明瞎了眼，孙子断了脚，终究不能被用了，便退而著书立说，以发泄胸中的愤懑，想留下文章使自己有所表现。

　　我自不量力，近来也想用拙劣的文辞表达自己的理想，搜集天下已经散失的旧事轶闻，按事实加以考证，考察成败兴亡的道理，上从黄帝开始，一直到现在为止，共写了十个《表》、十二篇《本纪》、八篇《书》、三十篇《世家》、七十篇《列传》，总共有一百三十篇，想借此来探究天道人事因应的道理，历史朝代变迁的因由，自成一家的著作。开始着手尚未就绪，恰巧遭到这种祸事，我怕此书不能完成，所以虽受极刑，也没有怨怒的脸色，我如真能完成这部著作，要把它藏在名山，传给后代志同道合的人，流行于交通发达、人口众多的大都会，那就可以补偿我以前忍辱不死所受的责难了，即使死一万次，也不会后悔呢！但这话只能对有见识的人说，却很难跟世俗人去讲。

　　曾经遭受刑罚的人，心理负担过重，生活很难舒泰。地位卑贱，往往会招来很多毁谤,我因说话遭遇这种祸事,深被乡里的人所耻笑,污辱祖先,还有何面目再上父母的坟墓祭拜呢?即使再经百代,这种耻辱也只有更加厉害罢了。所以愁肠一日九转,在家时精神恍惚,好像遗失了什么似的,出门时不知到哪儿去。每次一想到这个耻辱,未尝不从背上冒出汗而湿透衣裳的。我现在就跟宦官一样,怎能自己引退深藏隐居呢?所以姑且跟着世俗浮沉,随着时尚流转,和狂妄愚蠢的人同流合污。现在你却教我推举贤才,引进士人,那不是跟我的私心大相违背吗?如今我纵然想用最优美的文辞来为自己解释一番,也没有益处,而一般俗人也不会相信的,我只是自取其辱罢了。要到死后,是非才有定论。这封信不能完全表达我的心意,只能简略地陈述一些鄙陋的想法。谨此拜述。

【赏析】

这是中国史学泰斗司马迁答复他的朋友任安的一封信。任安,字少卿,荥阳(今河南荥阳市)人。汉武帝时,当过大将军卫青的舍人,后来担任益州刺史。征和二年(前91)秋天,太子刘据被江充陷害,于是怒杀江充而起兵,并召任安发北军协助他,任安受节而闭门不应。后来刘据事败而死,汉武帝却认为任安有二心,存心观望,立场不坚定,下令腰斩。这时司马迁被腐刑已七八年了,复为中书令及太史,尊宠任职。因为两人有交情,所以写信求他要推贤进士,积极为国家推举人才,隐约表露求他援救的意思。司马迁回了这封信,说明自己是刑余之人,不能推贤进士,无法进言借伸援手的苦衷。实际上也是借题发挥,写胸中块垒,以抒心中抑郁不平之气。后人就说:司马迁满腔的抑郁,发之而为《史记》,而作《史记》的满腔抑郁,发之而成这封信,所以识得这封信,便识得一部《史记》,

文选：文学的御花园

因为他一生的心事，尽泄于此，所以纵横排宕，真是绝代大文章。而信中反复说明，又委婉曲折，扣人心弦，令人一洒同情之泪。

全文大体可分六段：

第一段是以概述来信的内容为发端，然后略述受刑的愤懑，以及未能听从进贤的原因，并述此时才答书的缘由。这段笼罩全篇可分三层，先述少卿来信，要他推贤进士，这是全篇议论的根由。再说明自己受刑身残，动辄得咎，说明他不适宜推荐贤士，点明全篇的主旨。最后才致回信稽延，又不得不回信的原因。一般书信第一段多属客套话，但司马迁不落窠臼，手起笔落，即隐约见其主旨，因为一是刑余苟延之人，一是待罪死囚，惺惺相惜，引为知己，没什么好客套的。于是倾吐满怀愤懑，说是为避免"长逝者魂魄私恨无穷"。其实，接信后私恨依然无穷，因为他们分别受刑和受死，都心有不甘啊！

第二段叙受刑后的心情，表明不能"推贤进士"的原因。先论说君子，然后落实作者身上，末了才点出不能推贤的原因，层层推进，很有条理。论君子提出修身、爱施、取与、耻辱、立名，为全文的纲领，在并列中特别侧重后两项，以宫刑之辱，为终身所悲愤；著述垂名，为一生之寄托。以后各段分承这五纲发挥。以下可分两部分：

先说宫刑，是承耻辱而说的，可分三层，先从"祸莫憯于欲利"，连作并列，迭出"刑余之人，无所比数"；接着历叙前代三件有关宦官的事，说出"无所比数"是由来已久，而且言之确实。一般人如果事关受过腐刑的宦官，莫不伤气，何况是慷慨之士！说出内心无限的悲痛！然后落实到他又如何能荐天下豪杰？悲愤之情，溢于言表。

其次说到生平，提到的是修身方面，以"待罪辇毂下二十余年"说起，说自己不能自结明主，不能招揽贤能，不能斩将搴旗，不能光宠宗族，由大及小，由公而私，富于层次，说出"苟合取容，无所短长"，再以今昔相比，以自嘲之词，归结他不能建言。又是反问，又是感叹，"尚何言哉！尚何言哉！"简直是在泣血。第三段是追叙自己受辱，正是推贤而贾祸，乃畅言李陵降敌的始末，以见事情的是非曲直。前一段语多低沉，气势微弱，这一段语多慷慨，气势凌厉。就君子五纲来说，是重在爱施和取与，但不便明言，所以没有点出，但他救李陵就是爱施和与人以德。

他先追叙生平，说他自己余荫得官，在抱怨朝廷不公之前，先感恩几句，就像一般在批评之前，也都称赞两句，同时说出他"负不羁之行"，与受辱的事相映成趣。又说他竭智尽忠，力求报答，却遭大辱，反衬朝廷对李陵的事处理不当，以及自己所受的冤屈。

接着追叙李陵，先说两人谈不上交情，再说李陵为人，然后说那件事的原委。说交情，非能相善，因志向不同，事实上也不曾把酒交欢，至于他的为人，分别点出孝、信、廉、礼、忠，五者并列，侧重最后的忠，作为以下叙述奋战匈奴的张本，也暗示李陵不至于真的投降。要说李陵事件之前，先感慨猛将出生入死，却被贪生怕死之徒陷害，贰师将军呼之欲出。叙李陵降敌事件，先写李陵的得意事，深入虏廷，以寡击众，杀敌过半，单于震怖，极写李陵之奇，气势沸腾，然后再写天尽道穷，争相死敌，极写李陵的悲壮，使人为李陵抱屈，救兵不至，岂不是错在朝廷？司马迁写在朝廷方面，捷报传来，公卿王侯，都奉觞上寿；败讯传至，则上下忧惧，一贺一惧之间，见多少人情冷暖！再写到自己款款之忠，欲解君忧，为李陵雪冤，正好被召问，但君王不知，使他不得分辩。下狱后，家贫不足以自赎，乃受宫刑，这一部分，愤懑最深。写他忠君爱国，崇贤尚义，但忠而见疑、义而受辱，"悲夫！悲夫！"真是锥心刺骨之痛。

第四段是议论处理就死之道,及自己受辱不死的原因。就所提君子五纲,是再针对"耻辱者,勇之决"而发。一开始跟前一段一样,说明有些事是世俗之人所不能了解,所以无法跟他们谈的,唯有知己才能畅叙。自己身世卑贱,徒死无益,反而遭人非议,死有重于泰山,有轻于鸿毛。他受辱就死,实在是轻于鸿毛,所以他忍辱不死。提到他的受辱,不免作呜咽之音,激越之节,为所受之辱分类,论不受之辱,由大及小,依序列举,论辱之大小,则由小及大,依序列举,有错落之美,说出"最下腐刑,极矣",表示了他的厌恶与悲惨。

在此不免说出士可杀不可辱,乃引《礼记·曲礼》中"刑不上大夫"的话,该砥砺士节,不该用常刑。既然受刑,不可能不受辱,强调那"积威约之渐",猛虎为之摇尾乞食,仁人志士的人性尊严尽失,所以未受辱之前,当自杀以全节。到此似乎都强调士不该忍辱苟活。但接下去,突然逆折文气,将"不该"硬转为"该",气势极盛。引历代古人受辱不自决,由伯而相、而王而侯而将,依官位大小,依时序先后。更值得注意的是这八例九人之中,周文王是被暴君所拘,李斯是被指鹿为马的赵高所害,其他七人皆汉代王侯名将,功在汉室,汉帝之苛,自在言外,所有被辱者的不甘,自不待言。暗指你(任安)我(司马迁)受辱加以刑戮,也就不稀奇了。说到他们,又提到古人对加刑于大夫都很慎重,来回应"刑不上大夫",再三致意,是有深意的。

这一段的最后,终于点出他自己受辱不死的原因。一般人苟且偷生,不外乎念父母、顾妻子,再不然就是基于义理而不得已。他早失父母、无兄弟,也不顾妻子,那当然是于义理有不得已者,他以常人、勇者、怯夫、奴仆反复相形,每下愈况,每进愈痛,总见其非不能死,最后点出他的不得已,是"恨私心有所不尽,鄙没世而文采不表于后世",颇有画龙点睛之妙。

第五段畅叙抱负,想著书垂名,再发挥"立名者,行之极"的旨趣。一开始说明立言可以不朽,而立言者大多因为意有郁结,为自己的名山之业预做伏笔。连举八例,而对左丘明和孙子,更作发挥,因为他们身体亏残,和自己相似。然后落实到他自己的著作,从态度到体例,再说到自己的心愿,如书可流传,名可不朽,那就前辱可偿,万死无悔。最后"此可为智者道,难为俗人言",照应"事未易一二为俗人言",一许任安为智者,一照应自己的"不羁之行"。

最后一段重申宫刑之辱,萦回于心,于是从俗浮沉,归结于不得推贤进士的心意。说自己辱及先人,寝食难安,外人多谤议,乡党多耻笑,写内心苦痛,而又不得遁隐,只得随俗浮沉。推贤进士之务,事有不许,适足取辱,再以"要之死日,然后是非乃定",以此慰友,亦以自励,一腔悲愤,至此阐尽。

读这封信,我们可以知道《史记》的写作动机,和司马迁的写作心态,对我们欣赏《史记》是很有帮助的。当然我们也由这封信,知道司马迁为撰写《史记》所付出的代价,也让我们了解所谓"死有重于泰山",不只是轰轰烈烈慷慨就义而已。当然我们更不难体会:王允杀董卓,将蔡邕下狱,蔡邕为完成《汉纪》而忍辱求生,王允竟赶紧杀掉他的缘由了。

就文章而言,气势壮阔,意旨凝厚,反复迂回,跌宕有致,最为人所赞美。清桐城派大家方苞说这篇文章:"如山之出云,如水之赴壑,千态万状,变化于自然,由其气之盛也。"这篇文章之气势,实得自司马迁满腔抑郁之气,于是能雄奇横溢,苍劲沉着,极阳刚之美;而又宛转顿挫,反复萦回,备阴柔之妙。所以人称之为"百代伟构",曾国藩誉为"文家之王都"。

司马迁的抑郁之气,是肇因于受腐刑之辱,司马迁忠君爱国,

文选：文学的御花园

崇贤尚义，而遭此大辱，就其个人而言，是何其不幸！但后世也因此才能在他的《史记》中，见其雄奇之气、诙诡之趣、顿挫之笔、跌宕之姿、呜咽之声、吞吐之致。我们还可以从他的抑郁之气了解到：为什么历来宦官会擅权而残害忠良？会残暴而迷失人性？原来他们自惭形秽，意气难平，他们没有司马迁的才学，他们找不到寄托，抑郁之气没有出路，一旦大权在握，怎不弄得天下大乱？

十五、与吴质书　曹丕

二月三日，丕白：岁月易得，别来行复①四年。三年不见，《东山》犹叹其远②；况乃过之？思何可支！虽书疏往返，未足解其劳结。

昔年疾疫，亲故多罹其灾。徐陈应刘，一时俱逝，痛可言邪？昔日游处，行则连舆③，止则接席；何曾须臾相失。每至觞酌流行，丝竹④并奏，酒酣耳热，仰而赋诗。当此之时，忽然⑤不自知乐也。谓百年己分，可长共相保；何图数年之间，零落略尽，言之伤心！顷撰其遗文，都⑥为一集。观其姓名，

---

① 行复：将又。行：是且、将的意思。
② 《东山》犹叹其远：《诗经·东山》有"我徂东山，慆慆不归。自我不见，于今三年"。徂：前往；慆慆：久长的意思。
③ 舆：车。
④ 丝竹：泛称乐器。丝：弦乐器。竹：管乐器。
⑤ 忽然：轻忽的样子。
⑥ 都：总、合。

已为鬼录①。追思昔游,犹在心目。而此诸子,化为粪壤,可复道哉!

观古今文人,类不护细行,鲜能以名节自立。而伟长独怀文抱质,恬淡寡欲,有箕山之志②,可谓彬彬君子者矣。著《中论》二十余篇,成一家之言,辞义典雅,足传于后,此子为不朽矣。德琏常斐然③有述作之意,其才学足以著书,美志不遂,良可痛惜!间者历览诸子之文,对之抆泪;既痛逝者,行自念也。孔璋章表殊健,微为繁富。公幹有逸气,但未遒耳;其五言诗之善者,妙绝时人。元瑜书记翩翩,致足乐也。仲宣独自善于辞赋④,惜其体弱,不足起其文;至于所善,古人无以远过。

昔伯牙绝弦于钟期,仲尼覆醢于子路⑤,痛知音之难遇,伤门人之莫逮;诸子但为未及古人,自一时之隽也。今之存者,已不逮矣,后生可畏,来者⑥难诬。然恐吾与足下不及见也。

年行已长大,所怀万端,时有所虑,至通夜不瞑⑦。志意何时复类昔日?已成老翁,但未白头耳。光武言:"年三十余;在兵中十岁,所更非一。"吾德不及之,年与之齐矣。以犬羊之质,服虎豹之文;无众星之明,假日月之光;动见瞻观,何时易乎?恐永不复得为昔日游也。少壮真当努力,年一过往,

---

① 鬼录:登列死人姓名的簿籍。
② 箕山之志:指隐居的心愿。以前尧让天下给许由,许由不接受,隐居在箕山下。
③ 斐然:有文采的样子。
④ 辞赋:文体的名称,起源于《诗经》《离骚》,而大盛于两汉,是汉代的文学代表。
⑤ 仲尼覆醢于子路:子路死于卫国内乱,被剁成肉酱。孔子知道后,不忍心吃肉酱而倒掉。
⑥ 来者:指后生。
⑦ 瞑:同"眠"。

何可攀援？古人思秉烛夜游，良有以^①也。

顷何以自娱？颇复有所述造不？东望於邑^②，裁书叙心。丕白。

【语译】

二月三日，曹丕向你陈述：光阴容易消逝，分别以来将又四年了。三年不相见，《诗经·东山》篇尚且感叹分离的时间太久了，何况我们已超过三年了，思念的情怀，怎能受得了呢！虽然有书信往来，并不能解除我心中的烦劳郁结。

往年流行传染病，亲戚故旧很多遭受灾害。徐幹、陈琳、应玚、刘桢，同时去世，我内心的悲痛怎能用言语来形容呢？以前交游相处，出门时车子相连，在室内座席相接，不曾有片刻的相离。每到传杯饮酒，管弦乐器齐奏，酒喝得微醉，耳际发热时，大家昂起头来吟诗。在这时候，竟然不知道自己是那么快乐。总以为活一百岁是自己分内所有的，可以长久共同保有生命，哪里料到才几年时间，亲故已死得差不多了，说起来真是令人伤心！最近编辑他们的遗作，合成一部文集。看这些姓名，都已登录在鬼簿上了。回想以前交游的情景，还在眼前。而这些人，已变成尘土，还有什么可说的呢！

观察古今的文人，大多不拘小节，很少能以名誉和节操立身于世的。只有徐伟长文质兼备，清静淡泊，少有名利私欲，有隐居的心志，可说是外表有文采、内在又朴实的君子。他著作《中论》二十多篇，自成一家的学说，文辞义理都有根据而且雅正，值得流传于后世，他可以永垂不朽了。应德琏有文采，常有从事写作的意思，

---

① 以：原因。
② 於邑：郁悒。邑：同"悒"。

他的才学也足够写书，可是这个美好的志愿没有实现，实在令人惋惜啊！有时遍览这些先生的文章，面对着作品而拭泪，既悲痛死者，也感伤自己将不久于人世。陈孔璋的奏表非常雄健，只是稍嫌烦琐。刘公幹有超俗的风格，但不够强劲罢了！他所作的五言诗，高妙的地方，当代没有人能超越他。阮元瑜的书记很美，极令人喜欢。王仲宣独自擅长作辞赋，可惜气势太弱，不能提振他的文章，至于他的长处，连古人也不能超过于他。

以前伯牙因钟子期死了，而弄断琴弦不再弹奏；孔子因子路被剁成肉酱，而倒掉肉酱不吃。一个悲痛知音的难得，另一个感伤其他的门人大多比不上子路。这些先生虽赶不上古代的大作家，自然也是当代的杰出人才啊！现在活着的人，已不如他们了。后辈青年前途无量，使人敬畏，不能妄下批评以为不及今人。然而恐怕我和你在生前都见不到这些后起之秀了。

年岁已渐老大，心中所想的千头万绪，时常有所思虑，以至于整夜失眠。志向意气什么时候才能像以前一样？已经是老头子了，只是头发还没有白罢了。光武帝说："我年纪三十多了，在军中生活十年，所经历的事情已不少。"我的德行比不上他，年龄却和他一样。我好像原是犬羊一样的本质，披上虎豹的皮而有其纹彩；没有众星的明亮，只是假借日月的光辉。现在身为太子，一举一动都受人注意，不知什么时候才能闲散轻松？恐怕永远再也不能像以前那样的游乐了。少壮时代真该努力，光阴一过去，怎能挽回？古人连晚上都想拿着火炬出游，实在是有原因的啊！

最近以什么消遣？还有很多著述吗？走笔到此，不禁怅望你所在的东方，写信发抒我的心怀。

【赏析】

这是魏文帝曹丕（187—226），在东汉献帝建安二十三年(218)时，写给吴质的一封信。

吴质，字季重，汉末济阴（今山东曹县）人，才学通博，魏文帝时官至振威将军，封为列侯。他以文才为曹丕所倚重，情谊很笃厚，那时他当朝歌长，与徐幹、刘桢、应玚、阮瑀、陈琳、王粲等都和曹丕很友好。阮瑀早死了五年，其他五人，都死于建安二十二年（217），王粲死于军中，其他四人死于瘟疫，曹丕也于那年冬天被立为魏王太子，人世沧桑，曹丕不能不无所感慨，于是在第二年三月写了这封信给吴质，情意真挚，令人感动。他一面伤好友殂逝，又感德业未成，满腔慨叹，颇能引人共鸣。

第一段是应酬语，以《诗经·东山》诗，描写东征战士，离别三年，已嫌太久，而他们二人分离已有四年，是更长了。引用这个典故，不但使文字更为典雅，也使应酬语不流于平板老套，而见真感情。

第二段入正题，伤好友亡故之痛，自然要追叙一下当年在一起欢乐的景象，所谓"行则连舆，止则接席，何曾须臾相失。每至觞酌流行，丝竹并奏，酒酣耳热，仰而赋诗"。这一段话，经常被研究文学史的人所引用，用以说明贵游文学发展的景象。上推西汉景帝时梁孝王宾客，下推贾谧二十四友、竟陵八友等文学集团的生活，甚至宫体诗发展的背景。曹丕从行止游处着笔，饮酒赋诗落墨，短短三十多字，使人对文人才士投靠权贵之门的生活，有了清晰的概念，而其流觞赋诗，同题共作，也正是六朝文风趋于唯美的最好说明。走笔至此，转为感叹，人在福中，往往不能惜福，如今零落殆尽，方感悟人生无常，编纂文集，更触景生情，写得情感真挚而感人。

第三段评论诸子的文章得失，可与《典论·论文》相对照，所以这封书信，也是中国文学批评的重要文献。建安七子中，唯独孔融在这封信中没有被提到，因孔融在那时已死了十年，不像其他人一时俱逝令人伤感，而且是被曹操所杀，也不便为之惋惜悼念。曹丕以"观古今文人，类不护细行，鲜能以名节自立"，劈空而下，以反衬徐幹的卓尔不群，因他"独怀文抱质"，不"类"古今文人，而且个性是恬淡寡欲，有箕山之志，这可为《典论·论文》所谓"齐气"的注脚，曹丕评他"彬彬君子"，当然是根据他"怀文抱质"而来。他著有《中论》的子书，成一家之言，足以不朽，最堪告慰，所以第一个提他。接着提应玚，因为他也有著述子书，成一家之言的美志，虽然有长才美志，但可惜死得早，这种"美志不遂"，使曹丕感慨嗟叹，因其感情激动，不得不暂停批评，抒写感伤，嗟伤死者，也为自己悲叹。接着评陈琳擅长章表，气势雄健是长处，内容稍微繁富是缺点。刘桢文就气势而言，有逸气，但气势不强，是短处，而五言诗的妙绝是他的成功处。阮瑀长于书记，以"翩翩致足乐"一语带过。王粲长于辞赋，只惜体弱，文章气势也就不够，不过好的篇章，古人无以超过。

第四段由知音难遇说到人才难得，用伯牙与钟子期、孔子与子路的典故，运用骈俳句式穿插句法，以错落文意。说到今之存者，才已不及，虽然后生可畏，却说他自己恐怕看不到了，由"不及见也"带入第五段感怀自身。先说自己老大，所怀万端，引汉光武帝的话，为自己议论之张本。感叹自己能力低微，德行不高，却因父荫得太子之位，动见观瞻，生活受制，昔日交游之乐，恐怕不可再得。最后以少壮当努力自勉提振，带入第六段垂询吴质近况的问候语，问及著述，自然有提勉之意。

全文反复感叹，固然见其缠绵的情致，却也见到他未老先衰的气势。好友一时俱逝，固不免伤痛，而感怀己身，则不免悲嗟太过。那时曹丕才不过三十二岁，竟说"已成老翁，但未白头耳"，难道是太子之位已得，他日即可继承王位，帝位唾手可得，生活没有挑战性，顿感老迈？有人说可从一个人的讲话或文章，见其还有多少年寿，大概就是看他的昂扬斗志吧？我们在信中已见曹丕气势式微，宜其不得长寿，只再活了八年而已。

这封信和《典论·论文》一样，都批评建安诸子，所以应该对看，而《典论·论文》是针对曹植《与杨德祖书》（详见《典论·论文》）赏析，所以写来有些不同。曹植长于辞赋，而痛诋陈琳，所以《典论·论文》先提长于辞赋的王粲，也强调徐干在辞赋方面的才华，和曹植别一别苗头。提到陈琳，也故意扬其长而不述其短。《与吴质书》就不同了，曹丕受到王充《论衡》的影响，写《典论》以端正天下之论，自然也以为写论成一家之言，要比辞赋的价值更高（因为王充《论衡》以为造论著说者为鸿儒，采掇传书以上书奏记者为文人，鸿儒胜过文人），所以先提"著论成一家之言"的徐干，甚至不提他的辞赋，提到陈琳时，也比较客观地说他"微为繁富"的缺失。所以如果说《与吴质书》比《典论·论文》，在批评时更客观，也更能代表曹丕的文学观念，应该不会是标新立异之说吧？

十六、与杨德祖书　曹植

植白：数日不见，思子为劳，想同之也。仆少小好为文章，迄至于今，二十有五年矣！然今世作者，可略而言也。昔仲宣独步于汉南,孔璋鹰扬于河朔,伟长擅名于青土,公幹振藻①于海隅,德琏发迹②于大魏,足下高视于上京;当此之时,人人自谓握灵蛇之珠③,家家自谓抱荆山之玉④,吾王于是设天网以该⑤之,顿⑥八纮⑦以掩之,今悉集兹国矣。然此数子,犹复不能飞轩⑧绝迹,一举千里。以孔璋之才,不闲⑨于辞赋,而多自谓能与司马长卿同风;譬画虎不成,反为狗也。前书嘲之,反作论盛道仆赞其文。夫钟期不失听,于今称之。吾亦不能妄叹者,畏后世之嗤余也。

世人之著述,不能无病。仆常好人讥弹其文,有不善者,应时改定。昔丁敬礼尝作小文,使仆润饰之。仆自以才不过若人,辞不为也。敬礼谓仆:"卿何所疑难,文之佳恶,吾自得之,后世谁相知定吾文者邪!"吾常叹此达言,以为美谈!

昔尼父之文辞,与人通流;至于制《春秋》,游夏之徒,乃不能措一辞。过此而言不病者,吾未之见也。盖有南威⑩之容,乃可以论于淑媛;有龙泉⑪之利,乃可以议于断割。刘季绪⑫才

---

① 振藻:振起文辞的意思。藻:文采。
② 发迹:兴起的意思。
③ 灵蛇之珠:随侯看见有条大蛇受伤,替它敷药,后来蛇从江中衔珠以报。
④ 荆山之玉:就是和氏璧。
⑤ 该:包括。
⑥ 顿:提整的意思。
⑦ 八纮:八方天网。纮:维、网。
⑧ 飞轩:鸟飞的样子。
⑨ 闲:习的意思,闲与娴通用。
⑩ 南威:南之威,春秋时期的美女。
⑪ 龙泉:龙渊,古代宝剑名称。唐人避高祖李渊名讳,改渊字为泉。
⑫ 刘季绪:刘修,字季绪,刘表的儿子。

不能逮于作者,而好诋诃文章,掎摭^①利病。昔田巴^②毁五帝,罪三王,訾五霸于稷下,一旦而服千人,鲁连一说,使终身杜口。刘生之辩,未若田氏;今之仲连,求之不难,可无息乎?人各有好尚;兰茝荪蕙之芳,众人所好,而海畔有逐臭之夫;《咸池》《六茎》^③之发,众人所共乐,而墨翟有非之之论;岂可同哉!

今往^④仆少小所著辞赋一通相与。夫街谈巷说,必有可采;击辕之歌^⑤,有应风雅。匹夫之思,未易轻弃也。辞赋小道,固未足以揄扬大义,彰示来世也。昔扬子云先朝执戟之臣耳,犹称壮夫不为也。吾虽德薄,位为蕃侯,犹庶几勠力上国,流惠下民,建永世之业,留金石^⑥之功;岂徒以翰墨为勋绩,辞赋为君子哉!若吾志未果,吾道不行,则将采庶官之实录,辩时俗之得失,定仁义之衷,成一家之言。虽未能藏之于名山,将以传之于同好。此要之皓首^⑦,岂今日之论乎?其言之不惭,恃惠子^⑧之知我也!明早相迎,书不尽怀!植白。

【语译】

曹植向您陈述:几天没有见面,想您想得很苦,您大概跟我一样吧!我从小就爱做文章,一直到现在,已经有二十五岁了,对于

---

① 掎摭:摘取的意思。
② 田巴:战国时齐国的辩者。
③ 《咸池》《六茎》:《咸池》,黄帝所作乐名。《六茎》,颛顼所作乐名。
④ 往:以物送人。
⑤ 击辕之歌:野人之歌。
⑥ 金:指钟、鼎、盘之类。石:指碑、碣之类。
⑦ 要之皓首:期望于老年。要:期望。
⑧ 惠子:战国时惠施,庄周的知友,这里借指杨德祖。

当代作家，可以大略地谈一谈。当年王仲宣在汉水以南特别杰出，陈孔璋鹰扬于黄河以北，徐伟长在青州独享盛名，刘公幹以文艺享名于海角，应德琏在魏国起家，您在京城雄视群伦。当这时候，人人都自以为是稀世的奇才，像是拥有灵蛇的明珠、荆山的美玉那样的自宝自珍。我们魏王便设下弥天大网，罗致四海的英才，现在都罗致来了。不过这几位先生的文学造诣，还不能算是最上乘，没有一飞千里、来去无踪的气势。以陈孔璋的才华，他本不擅长作辞赋，却常自以为和汉赋名家司马相如有同样的风格，这正像画不成老虎，反而像狗了。前次我写信讽刺他，他反而做文章极力说我赞美他的作品。那钟子期从不错听琴音，到现在大家还在称赞他。我可不敢随便赞叹别人，怕后人嗤笑我啊！

一般人的著作，不能没有毛病。我常喜欢别人批评我的文章，有不好的，就马上改正。以前丁敬礼曾写短文，叫我帮他润色。我自觉才气不如他，推辞没有接受。敬礼对我说："您何必有所顾虑呢？我自己文章的好坏我自己最清楚，别人的改订对我总是有好处，后世还有谁能比您更了解我，可以改订我的文章呢？"（另有一解：我自能得到润饰的益处，后世读者谁又知道我的文章是您改定的呢？）我常赞叹这种通达的话，以为值得称道。

以前孔子的文辞，可以与人共通，并不是独特不可商量的，至于作《春秋》，就是擅长文学的子游、子夏也不能参赞一辞。除《春秋》以外而说文章没有毛病的，我还没看过。要有南威的美貌，才有资格论美女；有龙泉的锋利，才可以议论斩割。刘季绪的文才比不上那些作家，却喜欢批评别人的文章，指摘好坏。以前田巴在稷下毁谤五帝，归罪三王，漫骂五霸，一天就可以折服上千的人，可是鲁仲连一出来发言，就驳得他终生不敢再开口。刘季绪的辩才，不如田巴，现在像鲁仲连的人并不难找，他还能不住口吗？人各有所好，像苣兰荪蕙的香气，众人都喜欢，可是海边却有日夜追逐臭味的人；《咸池》《六茎》乐曲的演奏，是众人都喜欢听的，然而墨翟却有反对音乐的言论，可见人的好恶爱憎，又哪能相同呢！

现在我把以前所作的一篇辞赋送给您看看。我以为即使是街巷的谈论，必定有可取的地方，田野的俚歌，也有合乎风雅的诗篇。那么，一个平常人的情思，也就不能轻易舍弃了。不过辞赋只是小玩艺，本不足以阐扬大道，垂示后代。以前扬子云只是前朝的侍郎小臣，还说有壮志的人是不屑于辞赋这种雕虫小技。我虽然德行浅薄，但身居以为国家屏藩的列侯，还希望努力报效国家，为人民谋福利，建立永久的基业，把功绩刻在金石上，永垂不朽才是。哪里只能以舞文弄墨作为功勋绩业，以会做辞赋就算是君子呢？如果我的志向不能达到，我的计划不能实行，那我将采集官民的史实记录，分析时俗的利弊得失，按照仁义中正至善的法则来立论，完成卓然成家的著作。虽然未必有保存传世的价值，也可以传给有相同爱好的人看看。这个希望得要等年老头发白的时候才能实现，哪是今天所要谈论的呢？我说大话不知羞惭，正是仗恃您能了解我啊！明早等您来访，信上实在不能完全表达我的情怀。

【赏析】

这是才高八斗的曹植，在春风得意之时，逸兴遄飞，纵论当代文章、探讨文学批评的一封信。

曹植(192—232)，字子建，是曹操的第三个儿子，曹丕的同母弟弟。他天资聪明，才思敏捷，很受曹操宠爱。建安十六年(211)

封平原侯,十九年改封临淄侯,二十一年他写封信给杨修,这一年曹操晋爵魏王,即当立太子,几度属意曹植,使曹丕大为紧张。这时正是曹植意气飞扬的时候,所以纵论并世诸子的文章,抒一己之怀抱,不免露出顾盼自雄之态。

杨修(173—219),字德祖,弘农郡华阴(在今陕西)人,聪敏好学,为曹操主簿,和曹植很友善,堪称知音,是曹植的拥护者,后来因才气太高,好卖弄聪明,为曹操所忌,终于被杀。

才数日不见,而这封信最后还写"明早相迎",可见这书信往返,是借以抒怀,并用以示他人,并不是真有写信的必要。曹丕看在眼里,乃有《典论·论文》的针锋相对。

信一开始,写思念之情,才数日不见,就思之为劳,并推知德祖也必如此,短短十二字以见两人交情深厚。然后立即写入正题,追叙自己的写作生涯,竟说已二十五年,从呱呱坠地算起,颇以耆宿自重。论当时文坛,提到王粲、陈琳、徐幹、刘桢、应场,都是来自各地的精英,他虽然用了相同的句式,但以"独步""鹰扬""擅名""振藻""发迹""高视"等不同的语词,所以没有繁复之感。因为这些人当时都已网罗在曹操门下,所以曹植不免有点"不足当意"的气概,说他们不能飞轩绝迹,一举千里。并且特别举出陈琳,加以揶揄,说他暗于自见。文势凌厉,带愤激之情。说自己不能妄加赞叹,是因为怕后世笑他不知文章的缘故,可见他认为批评者是要为自己的批评负责,也说出他不轻易赞美别人文章的原因。

第二段气势稍缓,谈文学批评的需要,因为世人的著述,不可能没有毛病,所以作者要谦虚为怀,说他自己就喜欢人家点评,并举丁廙的谦冲,加以赞美。

第三段是强调文学批评的不易,古来著作都需要批评,除了孔子的《春秋》，都可批评。可是批评者要有高深的修养，才学要高过创作者，否则最好别开口，他以为刘修好批评，便是自不量力。然后再说人人喜爱不同，难有一致的批评。这一趣纵谈古今，批评时下的批评者，又不免露出权威的姿态。

第四段是自抒怀抱。他送杨修以年少时所作辞赋一通，德必有可取之处。然后菲薄辞赋只是小道，他希望成大功立大业，不打算以立言求得不朽，如果不能立功，退而立言，也要写子，或史书，而不是辞赋。

曹植有天纵之资、豪放之气，而且自幼随曹操南征北伐，封为列侯，自不免鹰扬自得。发为文章，议论风发，自有一股凛人的气势。第一段在气势上已凌驾诸子，见其顾盼自雄之情。他明明是要拿辞赋请杨修批评，这一段的气势，叫人如何启齿？第二段虽说他的文章希望别人批评，却引丁廙的事，说他自认"才不过若人"，所以辞而不为，岂不是暗示杨修最好还是别批评，除非你自以为才华超过我？他引丁廙的通达之论，也正是说自己，固然要杨修不必疑难，因为"文之佳恶，吾自得之"，而把杨修引为知己，这也把自己请人批评，引为美谈了。

第三段又强调批评之难，再度强调才华要超过作者，才有资格批评，把刘季绪好诋诃人家的文章，说得十分不堪，叫杨修如何敢陈利病得失？所以杨修除了"诵读反复，虽风雅颂不复过此"的谀美之辞，又能说什么？这一段还强调各人所好不同，以逐臭之夫和墨子非乐之论，加以证明，这也无非为他的辞赋如果得不到好的批评，预留台阶而已，否则他凭什么可以那么严苛地批评陈琳？

最后一段（第四段）才提到送辞赋给杨修，也没有明确地请他指教，却说"街谈巷说，必有可采，击辕之歌，有应风雅，匹夫之思，未易轻弃也"，好像暗示人家要拣好的说，因为总有可采，必应风雅，未易轻弃,所以杨修说风雅颂不复过此,是其来有自。

曹植还贬抑辞赋为小道,把辞赋写作成就排出人生理想之外,而以"建永世之业,留金石之功"为最高境界,以"辩时俗之得失、定仁义之衷、成一家之言"为第二志愿。他这样说,大概不外乎以下三个目的:第一,是向他父亲表明他有积极淑世之愿,希望多给他成大功立大业的机会。第二,是要杨修放胆批评,因为说他辞赋不好,对他也不会造成损害,因为那是雕虫小技,他志不在此。第三,则为自己预留台阶,反正我志不在此,真的不好,也没有关系,因为这方面不行,并不足以否定我的不平凡。

这篇书信,颇能看得出曹植的才性。钟嵘《诗品》评他的诗"骨气奇高,词采华茂",如果用来评这封信,也是十分恰当的。这封信表现了他锋利的文笔,纵横的意气,宏大的志向和桀骜不驯的性格。他有艺术家的气质,缺乏政治家的风范。终因任性而行,不事修饰,饮酒不节,为曹操所失望。

曹丕篡汉之后,贬曹植为安乡侯,随即改封鄄城侯、鄄城王、雍丘王。魏明帝即位,徙封浚仪,后来回雍丘,又改封东阿王。太和六年(232)封陈王,因为徙封频繁,动见猜防,抑郁而死,谥号"思",所以后世都称他为陈思王。曹植三十岁以后的作品,由于生活在痛苦之中,反映了壮志不得伸展的愤激不平之情,风格和气势就和前期有所不同。

曹植写这封信时,以其地位尊贵,才高志大,所以洋洋洒洒,意气横厉,虽不免趾高气扬,但也正流露其真性情,令人想见这位才高八斗(谢灵运说天下文才有一石,曹植占八斗,他自己占一斗,天下人共分一斗)的贵公子。纵论天下古今文章的飞扬神采!一千多年来,大概只有他才配写这样的信,也只有他才会写这样的信,如果无其才情,无其地位,也东施效颦一番,那才真是"画虎不成,反为狗也"。

十七、与陈伯之书　丘迟

迟顿首①。陈将军足下：无恙②，幸甚！幸甚！

将军勇冠三军，才为世出。弃燕雀③之小志，慕鸿鹄④以高翔。昔因机变化⑤，遭遇明主⑥，立功立事，开国称孤⑦，朱轮华毂⑧，拥旄万里⑨，何其壮也！如何一旦⑩为奔亡之虏⑪，闻鸣镝（dí）⑫而股战，对穹庐⑬以屈膝，又何劣邪？

寻⑭君去就之际，非有他故。直以不能内审诸己，外受流

---

① 顿首：以头叩地。书信中所用的谦辞。
② 无恙：问候之辞。《风俗通》说："恙，噬人虫也，善噬人心，人每患苦之。"古人穴居野处，常遭到蛇虫的攻击，所以无恙就是没有疾病之忧的意思。
③ 燕雀：小鸟，住在厅堂，结巢于屋梁，比喻志小。
④ 鸿鹄：大鸟，一飞千里，比喻志气高大。
⑤ 因机变化：指陈伯之乘时机弃齐降梁的事情。
⑥ 明主：英明的君主，在这儿指梁武帝。
⑦ 开国称孤：指封侯。《老子》："王侯自称孤、寡、不穀。"梁武帝曾封陈伯之为"丰城县公"，食邑二千户。
⑧ 朱轮华毂：朱漆的车轮，文饰华丽的车毂。毂：车轮当中贯车轴的地方。此以器物的豪奢，表示荣华富贵。
⑨ 拥旄：持节。万里：指公侯领土。拥旄万里：用来形容辖地的广大。
⑩ 一旦：这里有"忽然"的意思。
⑪ 虏：奴隶。
⑫ 鸣镝：响箭。镝：箭镞。
⑬ 穹庐："胡人"所住的毡帐。穹：天。毡帐中央高起，四周下垂，形状很像天，所以叫穹庐。
⑭ 寻：察也，求也。

言①,沉迷猖獗②,以至于此。圣朝赦罪责功,弃瑕(xiá)③录用,推赤心于天下,安反侧④于万物⑤:此将军之所知,非假仆一二谈也。朱鲔涉(dié)血于友于⑥,张绣剚(zì)刃于爱子⑦;汉主不以为疑,魏君待之若旧。况将军无昔人之罪,而勋重于当世?夫迷途知反,往哲是与⑧;不远而复,先典攸高⑨。主上屈法申恩,吞舟是漏⑩。将军松柏不剪⑪,亲戚安居,高台⑫未倾,爱妾尚在;悠悠⑬尔心,亦何可言?今功臣名将,雁行有序。佩紫怀黄⑭,赞帷幄(wéi wò)⑮之谋;乘轺(yáo)⑯建节,奉

① 流言:没有根据的话。陈伯之不识字,被左右小人所操纵,别驾邓缮怂恿他造反,他竟听信流言而背叛。
② 沉迷猖獗:迷惑放肆。
③ 弃瑕:不追究以前的过失。瑕:玉上的斑点,比喻人的过失。
④ 反侧:辗转不安。
⑤ 万物:指众人。
⑥ 朱鲔涉血于友于:汉更始帝刘玄即位以后,朱鲔做大司马,刘演当大司徒;刘演成名日盛一日,朱鲔因此劝更始杀刘演。后来朱鲔防守洛阳,刘演的弟弟刘秀(光武帝)攻打洛阳不下,于是派遣岑彭去劝降,朱鲔恐惧不敢投降。光武就下了一封诏书给他,说道:"夫建大事者不忌小怨,鲔今若降,官爵可保,况诛罚乎?"朱鲔果然投降,拜平狄将军,封扶沟侯。涉:与"喋"通,践踏的意思,杀人流血滂沱叫"喋血"。友于:兄弟。
⑦ 张绣剚刃于爱子:建安二年(197),张绣以宛城投降曹操。接着反悔,又率众造反,大败魏军,并杀死曹操的儿子曹昂及侄安民。四年又投降曹操,封宣威侯。剚:插。
⑧ 往哲是与:为前贤所称许。往哲:前贤。与:称许。
⑨ 先典攸高:先典所推崇。先典:古经,指《周易》。攸:当"所"字解。
⑩ 吞舟是漏:渔网宽疏,漏掉吞舟的大鱼。比喻法网非常宽。
⑪ 松柏不剪:祖先坟墓安然如故。松柏:这里指坟墓,因墓地多植松柏。剪:砍伐。
⑫ 高台:指所居的官邸。
⑬ 悠悠:深思的样子。
⑭ 佩紫怀黄:佩紫绶,怀金印,形容身膺显职的高官。
⑮ 帷幄:军帐,即制订作战计划的地方。
⑯ 轺:轻车。

· 171 ·

文选：文学的御花园

疆埸（yì）^①之任。并刑马作誓^②，传之子孙。将军独腼（miǎn）颜^③借命，驱驰毡裘之长^④，宁不哀哉？

夫以慕容超^⑤之强，身送东市^⑥；姚泓^⑦之盛，面缚西都^⑧。故知霜露所均^⑨，不育异类；姬汉旧邦，无取杂种。北房僭盗中原^⑩，多历年所^⑪，恶积祸盈，理至燋烂。况伪孽昏狡^⑫，自相夷戮^⑬，部落携离^⑭，酋豪猜贰^⑮。方当系颈蛮邸^⑯，悬首藁街^⑰；而将军鱼游于沸鼎之中，燕巢于飞幕之上，不亦惑乎？

暮春三月，江南草长，杂花生树，群莺乱飞。见故国之旗鼓，感生平于畴日；抚弦登陴（pí）^⑱，岂不怆悢（chàng

---

① 疆埸：边境。
② 刑马作誓：就是杀马宣誓。古代盟誓，杀马取血，血誓以表示信守。
③ 腼颜：面有惭色。
④ 毡裘之长：指魏主。毡裘："胡人"的衣服。
⑤ 慕容超：南燕王，被晋刘裕所擒，执送建康，斩首示众，南燕于是灭亡。
⑥ 东市：古代行刑，为了示众起见，必在热闹市场执行，因在长安的东边，所以叫东市，后代就以东市代称刑场。
⑦ 姚泓：后秦王，刘裕北伐，姚泓投降，送建康斩首，后秦也就灭亡了。
⑧ 面缚：双手反剪在后面。西都：指长安。
⑨ 霜露所均：霜露所均沾的地方，指中原大地。
⑩ 北房僭盗中原：北魏道武帝拓跋珪在东晋孝武帝太元元年（376），僭号开国，到梁武帝天监五年（506），已有一百余年。
⑪ 年所：年数、年次。
⑫ 伪孽昏狡：当时魏主是宣武帝，名叫恪，是孝文帝的次子，孝文帝杀大子恂而改立恪，所以说是伪孽。昏狡：愚暗奸猾。
⑬ 夷戮：诛杀。
⑭ 携离：有离叛的心理。
⑮ 猜贰：猜疑而有二心。
⑯ 蛮邸：外族首领来京师时所居住的官邸。
⑰ 藁街：汉朝时外族使者所居住的地方。
⑱ 登陴：登上城墙。陴：城上小墙。

· 172 ·

liàng)①？所以廉公②之思赵将，吴子③之泣西河，人之情也，将军独无情哉？想早励良规，自求多福。

当今皇帝盛明，天下安乐；白环西献④，楛（hù）矢东来⑤；夜郎滇池，解辫请职⑥；朝鲜昌海，蹶角⑦受化。唯北狄野心，倔强沙塞之间，欲延岁月之命耳。中军临川殿下⑧，明德茂亲⑨，揔兹戎重，吊民⑩洛汭（ruì）⑪，伐罪秦中⑫。若遂不改，方思仆言。聊布往怀，君其详之！丘迟顿首。

【语译】

丘迟叩头敬礼于陈将军足下：听说贵体康健，真是非常庆幸！非常庆幸！

---

① 怆悢：悲恨的意思。
② 廉公：战国时期赵国的大将廉颇。廉颇曾攻齐大胜，拜为上卿。后来赵孝成王死，悼襄王即位，派乐乘接替廉颇的职务，廉颇很生气，便攻击乐乘使他离职，而自己也逃奔到魏国去，魏人不能重用，楚派人迎接他到楚国当将领，并没有立下战功，廉颇不禁感叹自己是多么希望能指挥赵国的子弟兵。
③ 吴子：吴起。吴起治理西河，有人在赵武侯前毁谤他，武侯便召回吴起，吴起离开西河时，不禁涕泣，说："魏君听信逸言，不能了解我，西河不久将被秦所占领了。"
④ 白环西献：白环，白璧。帝舜九月，西王母来朝，献白环玉玦。
⑤ 楛矢东来：周武王灭商，肃慎（古国名）来进贡楛制的箭。楛：树名，像荆而红，茎可以做箭竿。
⑥ 职：贡，献财宝。
⑦ 蹶角：以额角叩地。
⑧ 中军临川殿下：指萧宏，他在梁武帝天监元年（502），封为临川郡王，三年，为中军将军。殿下：诸王的尊称。
⑨ 茂亲：至亲。萧宏是武帝的弟弟。
⑩ 吊民：抚慰民众。
⑪ 汭：水曲流。
⑫ 秦中：当时北魏据有秦中（今陕西）。

· 173 ·

文选：文学的御花园

　　将军武勇超群，才干是当代的佼佼者。您曾舍弃像燕雀屈居厅堂屋梁下的小志向，而学那鸿鹄高飞远翔，以发展伟大的抱负。以前您知道利用时机转变，遭遇到英明的君主（指梁武帝），建立功勋，成就事业，因此开国封侯称孤。那时节您乘坐华丽的车子，持天子所赐的旄节，担任江州刺史，气势是何等的雄壮啊！为什么忽然做了奔走逃亡的奴虏，听到响箭就两腿战栗，对住毡帐的"胡人"屈膝跪拜，这又是何等卑劣啊！

　　仔细推究您叛梁投魏的经过，并没有其他的缘故。只是因为您在内心不能审察自己，再受外人没有根据的流言所怂恿，以至于迷惑放肆到这种地步（指造反之事）。我圣明的朝廷本着赦免有罪的人，只要他们自新立功，便不追究既往的过失，仍加以任用。以诚心对待天下的人，让那些不安的众人，化除疑虑，得以安心：这是将军所知道的，不用我一一细述了。以前朱鲔杀害东汉光武帝刘秀的胞兄，张绣曾杀死魏武帝曹操的爱子，可是刘秀并不因猜忌而不用朱鲔，曹操对待张绣仍像往日一样。何况将军并没有像他们所犯下的滔天大罪，而功勋见重于当代呢！误入歧途而知道回头，是前哲所称许的，只要错得不远，而能及时迁善改过，也是古书所推崇的。当今皇上不用重刑而广施恩惠，法网宽大到可以漏掉吞舟的大鱼。将军祖先的坟墓安然如故，亲戚不被牵累，仍安居乐业，官邸完好未被查封，爱妾尚安居在府邸，您仔细想想，还有什么话可说呢？现在的功臣名将，排列在朝廷上，像飞雁一样有次序，佩紫绶怀金印，在军帐里面参赞军机大事；乘坐轻车，拥着旄节，奉命承担守卫边疆的重任。同时君臣杀马宣誓，爵位世袭，传给子孙。只有将军您惭愧地苟且偷生，替北魏君主奔走效命，难道不觉得悲哀吗？

　　在北方"胡人"的君主里面，以南燕慕容超的强悍，仍不免被正法，后秦姚泓那么强盛，也被反绑解送长安斩首。由此可知，在霜露均沾的中原大地上，是不容外力染指的，我姬周秦汉是历史悠久的古国，不容他力来据。北魏假冒名义，僭号开国，窃据中原的土地，已经有好多年了，恶贯满盈，理应消亡。何况北魏君主愚暗奸猾，骨肉自相残杀，各部落都有离叛的心理，酋长也当有猜疑。正要把他们从蛮邸揪出来绑缚，然后把他们斩首悬挂在街示众的时候，而将军您的处境，就像鱼在滚沸的锅中游泳，燕子在飘摇的布幕上筑巢一样，危在旦夕而不自知，这不是令人很困惑吗？

春末三月，江南的草木欣欣向荣，而百花也在树上争奇斗艳，成群的黄莺到处飞舞。您望见故国的军中旗鼓，追忆往日的生活，应当有所感慨；手抚弓箭，登上城墙，难道不感到悲恨吗？所以廉颇流亡异地，仍想当赵国的将帅，吴起离开苦心经营的西河，不禁伤心落泪。这都是人之常情，将军，难道只有您是这样的无情吗？我想您必能及早勉励，自定良策，幸福是要自己去寻求的。

现在的皇帝是圣明的，天下的人都能安居乐业：西方和东方极远的"蛮夷"，都前来称臣纳贡；西南方的夜郎、滇池，愿意解发归附，东北的朝鲜、西北的昌海，也以额角叩地，接受教化。只有北魏野心勃勃，在沙漠与长城之间，做顽强的抵抗，妄想苟延覆亡的岁月与命运。中军将军临川王殿下，光明大德，又是皇帝的至亲，统领此项军事重任，就要收复河南，抚慰民众，打到陕西去铲除罪魁。如果您终究不肯悔改，将会后悔没听我的话。聊且以此书表达往日的情谊，希望您仔细考虑！丘迟拜上。

【赏析】

这是一封用骈文写成，劝说陈伯之归降的信。通常这种书信，

文选：文学的御花园

要明之以理，动之以情，诱之以利，胁之以威；并要不卑不亢，从容大度，处处顾虑对方的自尊，使对方能够接受。这种分寸的把握，十分不易，而这封信却十分成功。就文章而言，它能驱驰华辞而不为所累，用典而不流于炫耀；而且思路分明，组织谨密，有骈文之长而无其短，所以它能达到劝降的目的，而这封信也就脍炙人口，流传千古了。

陈伯之，南朝济阴睢陵（今山东省菏泽市西）人，原先在钟离（今安徽省凤阳县东北）为盗贼。在齐明帝时从军，后来因功封为鱼腹县伯。齐东昏侯立位，派他为江州刺史，据有浔阳（今江西省九江市）以抗萧衍。但不久就归降萧衍，并追随萧衍兵平建康（齐国首都，今南京市），受封为丰城县公。萧衍自立为帝，建元天监，即为梁武帝，陈伯之仍任江州刺史，受到邓缮的怂恿，以复齐为名，举兵造反，但兵败，而与儿子虎牙投奔北魏。北魏以他为散骑常侍、平南将军。天监四年（505），临川王萧宏率军队讨伐北魏，进驻洛口（今安徽怀远县西南）于是命记室丘迟写信招降。

丘迟（字希范，464—508），是吴兴（今浙江省湖州市吴兴区）乌程人，齐时举秀才，萧衍任用他为骠骑主簿。梁武帝即位，他就升为散骑常侍、中书郎。天监三年（504），担任永嘉太守，第二年任临川王的咨议参军，才写了这封信。

全篇书信可分六段：

第一段除了敬辞、称谓，就是极简单六字应酬语，致问候之意，即入第二段，盛赞陈伯之的才能和成就，然后讥讽他叛国投靠敌人。丘迟把颂扬的应酬语，融入书信的正文。勇冠三军，才为世出，这是很令人舒坦的高帽子。紧接着又赞美他早年的心志和做法，也暗示如能重归梁朝，是如何的可贵。顺着形容事功，并以"朱轮华毂，拥旄万里"，为功成名就鲜明的意象，到"何其壮也"收束，原本文势逐渐加强，至此到达沸点，短短数句，写尽英雄气概，与不可一世之状。然后以"如何"顿挫文势，三句是每下愈况，奔忙而股战而屈膝，到"又何劣邪"，文气低沉到极点！这一扬一抑、一褒一贬，是极强烈的对比，不胜今昔之感，不禁油然而生！

　　第三段转而说比较体己的话，指出今日至此境地，是个人内心把持不住，又外受蛊惑，并非本性之恶，再称朝廷宽厚仁惠，推恩天下，伯之之罪是可以包容的。还说："此将军之所知，非假仆一二谈也"，令人有亲切之感！然后再举汉光武帝信任杀兄的朱鲔，魏武帝宽容杀子的张绣，作为例证，说明成大事的人必有容人之量，也反衬伯之罪责轻微，以释其疑惧，而收劝降的效果。然后劝他归降于梁，却说是迷途知返，不远而复，而为往圣所称许，为先典所推崇，说得非常堂皇，毫无鄙劣之感，充分保留了他的自尊心。紧接着举实证说明朝廷的仁厚、主上的宽容，指陈其先人坟墓完好、亲戚不受株连、室家丝毫未损、妻妾安然无恙，论理那可是仁至义尽，叫人无话可说；论情那可温馨在望，令他怦然心动，论利那该何去何从，实在不难研判。接着为照应"圣朝赦罪责功"，详叙朝廷盛况，胁之以威；还说"刑马作誓，传之子孙"，诱之以利，促其来归。写完朝廷盛况，又不免讥伯之之落拓，再作对比，促其幡然改图！

　　第四段则申明华夷之辨，暴政必亡，于是恐之以祸，指出伯之处境的危险。这段先以史实为例，指出慕容超之强，姚泓之盛，都沦落悲惨的后果，说明"夷狄"不胜华夏。由于陈伯之是不识字的老粗，无法晓以《春秋》大义，所以有关气节问题，也只能列举具体事例相规劝，带有恐吓的意味。然后再落实到当时，说明当时形势，再讲到陈伯之的身上，说他如鱼游于沸鼎之中，如燕筑巢于飞幕之上，不免令他寝食难安，早作归计。

第五段是动之思乡怀旧之情,先叙其熟悉之景,以"暮春三月,江南草长,杂花生树,群莺乱飞"十六字,写尽江南春色,不论色彩、景象、气氛,都写得极美,令人心旌动摇。然后说"故国之旗鼓",唤起他的归属感,以"感生平于畴日",引发他的念旧之情,唤回那压抑扭曲的感情。再以历史故实:廉颇盼望再为祖国效力,吴起远离苦心经营的旧土的哀情,写人情同于怀旧,才落实到陈伯之身上。这两个名将的故实,与他的经历颇有妥合之处,应当有相当的震撼力。然后再劝其归降,所谓"想早励良规,自求多福",是出于推心置腹的设想,不会使人反感!"想"字之妙,不可轻易放过。

第六段陈说天下大势,北伐的壮盛,胁之以威,劝他及早反正,以免后悔莫及。丘迟先说明各方归服,唯有北方不从,明示北魏的命运,和陈伯之的不智,如今欲加讨伐,文章气势逐渐增强,到"若遂不改,方思仆言",语气强硬,气势难挡,颇有最后通牒的凛栗,很有震撼的效果!而"聊布往怀,君其详之",则有网开一面提示明路的关怀德意!就是倔强的浪子,也没有不回头的道理!反复的悍将,哪能不幡然反正!

全文气势起伏,音韵铿锵,恩威并济,情意绵邈,实在是骈文的隽品!

十八、归去来 陶渊明

归去来兮①,田园将芜胡不归?既自以心为形役,奚惆怅而独悲?悟已往之不谏②,知来者之可追;实迷途其未远,觉今是而昨非。舟遥遥以轻飏③,风飘飘而吹衣。问征夫以前路,恨晨光之熹微④。

乃瞻衡宇⑤,载⑥欣载奔。僮仆欢迎,稚子候门。三径就荒,松菊犹存。携幼入室,有酒盈樽。引壶觞以自酌,眄庭柯以怡颜。倚南窗以寄傲,审容膝⑦之易安。园日涉以成趣,门虽设而常关。策扶老⑧以流憩,时矫首而遐观;云无心以出岫(xiù)⑨,鸟倦飞而知还。景(yǐng)⑩翳翳⑪以将入,抚孤松而盘桓⑫。

---

① 归去来兮:回去吧!来、兮都是语助词。
② 谏:劝止、挽救。
③ 飏:通"扬",动荡的意思。
④ 熹微:晨光熹微,指天未亮时。
⑤ 衡宇:横门,横木为门。比喻房屋简陋。
⑥ 载:语助词。
⑦ 容膝:极言居室狭小。
⑧ 策扶老:拄着手杖。策:拄着。扶老:竹名,即扶竹,因可用作手杖,所以代称手杖。
⑨ 岫:山穴,此泛指山峰。
⑩ 景:日光。
⑪ 翳翳:渐暗的样子。
⑫ 盘桓:徘徊。

归去来兮,请息交以绝游,世与我而相遗,复驾①言兮焉求?悦亲戚之情话,乐琴书以消忧。农人告余以春及,将有事②于西畴。或命巾车③,或棹孤舟,既窈窕④以寻壑,亦崎岖而经丘。木欣欣以向荣,泉涓涓而始流。羡万物之得时,感吾生之行休。

已矣乎!寓形宇内复几时?曷不委心任去留?胡为遑遑欲何之?富贵非吾愿,帝乡⑤不可期。怀良辰以孤往,或植杖⑥而耘耔(zǐ)⑦;登东皋⑧以舒啸,临清流而赋诗。聊乘化以归尽⑨,乐夫天命复奚疑?

【语译】

回家去吧!田园都快要荒芜了,为什么还不回去?既然为了身体,屈从心出来做官,那又何必要自个儿惆怅和悲伤呢?知道过去的不是,但已不可挽救,不过未来的还来得及追改呢;自己确实曾迷失了路途,好在没有走多远,现已觉悟今天所做的才正确,而昨天是错了。归途上,小舟轻摇荡漾,微风吹动着衣裳。向行人打听前面的路程,只恨晨光怎么还不快放亮些。

看见了家,就高兴得奔跑起来。僮仆出来欢迎,年幼的儿子也

---

① 驾:驾车,意思是出外与世俗交游。言:语助词。
② 有事:指农事、春耕。
③ 巾车:有车套的车。
④ 窈窕:幽深的样子。
⑤ 帝乡:仙境。
⑥ 植杖:把手杖放在一旁。植:立也。
⑦ 耘:除草。耔:培苗。
⑧ 皋:此指田边高地。
⑨ 归尽:达到生命的尽头,就是死亡。

在门口等候。只见庭园间小路已经生了荒草,好在松菊仍旧在那儿。带幼子到房内,看见杯子已斟满了酒,拿起酒壶,自酌自饮,看看庭中树木,不觉喜形于色。靠着南窗,寄托自己傲岸的情怀,并觉得在这样仅得容膝的地方,反而容易使人心安快乐。每日在园中散步,自有情趣,虽有大门却常常关着。拄着手杖或游玩或休息,也时而抬头远眺风景。云彩不经心地飘出山谷,飞倦的鸟儿也知道归巢。夕阳即将西下,天色渐暗,我还手抚孤松,徘徊不忍离去。

  回家去吧!但愿从此谢绝世俗的交游。世俗与我合不来,我再出游去求什么呢?我喜欢和亲戚聊天闲话家常,乐于以弹琴读书来消愁解闷。农人告诉我春天来了,将要在西田开始耕种。有时坐着篷车,有时轻泛小舟,去寻访幽深的溪谷,也曾走过崎岖不平的山丘。草木欣欣向荣,泉水潺潺不绝。羡慕万物能适时生长,感叹自己这一生做官和退隐的行迹去留,却不是很顺适的。

  算了吧!寄身于天地之中能有多久呢?何不随心所欲任性自由,为什么还终日心神不安,要想求得什么呢?求富求贵本来就不是我的心愿,成仙成佛也是不可企及的。自己只盼望有个好天气,以便孤往独游,或者拿着手杖去田里除草培苗。登上东边高岸舒气长啸,临着清澈的流水而写下诗篇。姑且顺随着生命的自然变化,走到人生的尽头,乐天知命,自然就会快乐,还有什么疑虑愁烦呢?

【赏析】

  本篇原以第一句"归去来兮"为题目,萧统在《陶渊明传》和《文选》都删掉"兮",而以"归去来"为题,因本文是辞赋类,《文选》更独立"辞"为一类,所以后人大多称为《归去来辞》。

  作者陶渊明(365—427),字元亮,另有一个说法是:名潜,字渊明。世称靖节先生。浔阳柴桑（今江西九江市）人。他的曾祖父据说就是晋大司马陶侃，祖父和父亲都曾做过太守一类的官，但到他时家道衰落，生活艰苦。他在青年时期，也怀着建功立业的壮志，再加上贫困的逼迫，曾几次做官，先后当过江州祭酒、镇军参军、建威参军、彭泽令等职，但那时正是晋安帝元兴、义熙年间，桓玄篡位失败、刘裕崛起揽权之时，军阀混战，晋室摇摇欲坠，士族垄断仕途，所以他就在义熙元年（405），弃官归隐，而作此篇以叙述其志趣。

本篇原有自序，但《文选》没有收录。序里面说明他因家贫而去求得彭泽令的职位，可是当了几天，就兴起回家的念头，那是因为他天性喜爱自然，矫揉造作不来，挨饿受冻固然痛苦，但违反本性更痛苦。他说本想任满一年再辞，但正遇上他嫁给程家的妹妹在武昌死了，急着去看，便辞了职。所以彭泽令是从八月当到十一月，才八十几天而已。不过根据萧统所写的《陶渊明传》，说是这年冬天，郡守派督邮来视察，照例县令是要整衣束带去迎拜，他很不愿意，叹道："我怎能为了区区五斗米，就弯腰去见那乡里小儿！"于是拒绝迎拜，即刻辞职。这说法和自序似乎不同，其实是他辞意已决，"为五斗米折腰"正是他所说的"矫厉违己"，至于"程氏妹丧于武昌"，那只是托词而已。

全篇可分四段：

第一段写他辞官而归的原因，和归途的兴奋。以"归"字总启全文，也为本篇眼目，贯穿全文。所谓"田园将芜"用"将"字，正表示离家未久。"悟已往之不谏"以下四句，用穿插的隔句对，有错落之美。而在此前面，用反诘的语气叙述，气势畅盛，以夹叙夹议的方式，说明他归去的缘由，美而有力，所以很能引起读者的认同感。

叙述归途虽然只有四句,却包括水路和陆路,舟摇轻扬,风飘吹衣,写出脱离樊篱的自在;向征夫问路,恨晨曦不明亮,写其归心似箭,流露"复得返自然"的兴奋和喜悦。

第二段写回到家所见所感。抵家从门外的"欣""奔",到门内有人"迎""候",写出天伦之乐。室外见"松菊犹存",室内"有酒盈樽",都是他性之所喜。松象征了他的操守,菊暗示了他隐逸之志,酒表明了他的偏好。"松菊犹存"与"田园将芜"相照应,而"犹"字还透露了得以及时而返的快乐。至于"有酒盈樽"的快乐,更不在话下,他有《饮酒诗》二十首,而本篇的自序,也强调"公田之利,足以为酒",是他去求彭泽令的诱因。所以从门外到入室,都洋溢着和乐与欢欣!

接着,描述了回家以后的门内家园生活。先是坐观景物,"引壶觞以自酌",乐其胸怀,"眄庭柯以怡颜",极写悠然,再述倚窗寄情,怡然自得。然后游赏景物,涉园成趣,策杖流憩,矫首遐观,极写悠然自得之情。接下去就借景寓情,所谓"云无心以出岫,鸟倦飞而知还",本是写景,却正寓其情怀,写他出仕和辞官,正是"其出也无心,倦而知返"。所谓"景翳翳以将入,抚孤松而盘桓",寄意更深,写日暮之景,正是感慨王室衰微,他的抚孤松,正是自比节操,所以惺惺相惜,盘桓不去。

第三段写隐逸生活。回应"归去来兮"的主脉,而以"请息交以绝游",点出隐居的心愿,然后更进一层,指出人我两忘、于世无所求的宁静坦荡。闲居家中,"悦亲戚之情话,乐琴书以消忧",然而春天来了,该躬自耕种,也可出外游赏了,可以坐篷车,可以泛小舟,不拘陆路水路,随遇而安、悠然自适,更何况幽深的溪壑、崎岖的山丘,各有胜境,寻幽登丘,自有不同的情趣。看草木欣欣向荣,泉水涌出成涓涓细流,不免感慨,所谓"羡万物之得时,感吾生之行休",这不但是后来苏东坡所谓"哀吾生之须臾,羡长江之无穷",那种属于亘古以来人类难以克服的悲哀!更是生不逢时的浩叹!"得时"是感慨的重心,可见他也是有人世淑世之想,但生不逢时,如今时不我与!

但诗人在此,并没有转入悲愤,如王粲的《登楼赋》那样,他以乐天知命的达观放旷,享受当前的悠然生活。第四段以议论为主,写其彻悟人生的乐趣。承上段"感吾生之行休",转为逍遥自在,人寄身于天地之中,既然如此短暂,何不随心所欲,何必惶惶终日?自己既不求富贵,而仙境又不可得,何不游园得以赏心悦目,何不耕植得以怡然自得,何不登山长啸以抒怀,何不濯足清流赋诗以寄情!乐天知命而不忧不惧,顺随生命的自然变化,也就没有什么好挂虑了。

读《归去来》,我们会觉得钟嵘《诗品》评陶渊明:"文体省净,殆无长语,笃意真古,辞典婉惬,每观其文,想其人德。"并说他是"古今隐逸诗人之宗",是不错的。不过二、三段的结尾处,却见到他忧思念乱、思扶晋衰,那股经国济世的热肠,只是语藏本末,容易为人忽略而已。由欧阳修所谓"晋无文章,唯陶渊明《归去来辞》而已",就可见后人对它评价之高了。

十九、过秦论 贾谊

秦孝公据殽函①之固,拥雍州②之地,君臣固守,以窥周室;有席卷③天下,包举宇内,囊括四海之意,并吞八荒④之心。当是时,商君佐之,内立法度,务耕织,修守战之备,外连衡而斗诸侯。于是秦人拱手而取⑤西河之外。

孝公既没,惠文、武、昭襄蒙故业,因遗策,南取汉中⑥,西举巴蜀⑦,东割膏腴之地,收要害之郡。诸侯恐惧,会盟而谋弱秦,不爱珍器重宝肥饶之地,以致天下之士,合从缔交,相与为一。当此之时,齐有孟尝,赵有平原,楚有春申,魏有信陵;此四君者,皆明智而忠信,宽厚而爱人,尊贤重士,约从离横,兼韩、魏、燕、赵、齐、楚、宋、卫、中山之众。于是六国之士,有宁越、徐尚、苏秦、杜赫之属为之谋;齐明、周最、陈轸、昭滑、楼缓、翟景、苏厉、乐毅之徒通其意;吴起、孙膑、带佗、倪良、王廖、田忌、廉颇、赵奢之伦制其兵。尝以十倍之地,百万之众,叩关⑧而攻秦。秦人开关延敌,九

---

① 殽函:崤山和函谷关。
② 雍州:古代九州中的一州,包括现在的陕西、甘肃以及青海的一部分。
③ 席卷:"卷"跟"捲"相同。"席卷"和"包举""囊括""并吞"都是征服、统一的意思。
④ 八荒:八方荒远的土地。
⑤ 拱手而取:比喻取得很容易。
⑥ 汉中:今陕西省南部及湖北省西北。
⑦ 巴蜀:古代两个小国。巴国位于今四川省东部,蜀国位于今四川省中部。
⑧ 叩关:叩,击。关:指函谷关。

国之师,逡巡①遁逃而不敢进。秦无亡矢遗镞②之费,而天下诸侯已困矣。于是从散节约,争割地而赂秦。秦有余力而制其敝,追亡逐北③,伏尸百万,流血漂橹;因利乘便,宰割天下,分裂河山,强国请服,弱国入朝。施(yì)④及孝文王、庄襄王,享国日浅,国家无事。

及至始皇,奋六世之余烈,振良策而驭宇内,吞二周而亡诸侯,履至尊⑤而制六合⑥,执捶拊⑦以鞭笞(chī)⑧天下,威振四海。南取百越⑨之地,以为桂林、象郡⑩;百越之君,俯首系颈⑪,委命下吏。乃使蒙恬北筑长城而守藩篱,却匈奴七百余里;胡人不敢南下而牧马,士不敢弯弓而报怨。于是废先王之道,焚百家之言,以愚黔首⑫;隳(huī)⑬名城,杀豪俊,收天下之兵,聚之咸阳,销锋镝,铸以为金人十二,以弱天下之民。然后践华为城,因河为池,据亿丈之城,临不测之渊以为固。良将劲弩,守要害之处;信臣精卒,陈利

---

① 逡巡:畏缩不肯前进的意思。
② 镞:箭头。
③ 追亡逐北:追击败退的军队。亡:逃;北:败北,即指败逃的军队。
④ 施:延。
⑤ 至尊:天子的称呼。
⑥ 六合:上下四方,指天下。
⑦ 捶:马杖。拊:刀柄。
⑧ 鞭笞:鞭打笞击。
⑨ 百越:亦称百粤,包括现在浙江、福建、广东、广西及越南等地,古代是越族所居住的,因为种族不一,所以称百越。
⑩ 桂林、象郡:桂林郡,今广西北部。象郡,今广东省西南部、广西南部及越南等地。
⑪ 系颈:以绳系颈,意思是被俘。
⑫ 黔首:黔是黑色。秦始皇令人民用黑布包头,所以黔首指百姓。
⑬ 隳:毁坏。

兵而谁何?天下已定,秦王之心,自以为关中①之固,金城千里,子孙帝王万世之业也。

始皇既没,余威震于殊俗②,然而陈涉,瓮牖绳枢③之子,氓(méng)隶④之人,而迁徙之徒也,才能不及中人,非有仲尼、墨翟之贤,陶朱、猗顿之富,蹑足⑤行伍之间,俯起阡陌之中,率罢散之卒,将数百之众,转而攻秦;斩木为兵,揭竿为旗,天下云集而响应,赢粮而景从⑥。山东豪俊,遂并起而亡秦族矣。

且夫天下非小弱也,雍州之地,殽函之固,自若也;陈涉之位,非尊于齐、楚、燕、赵、韩、魏、宋、卫、中山之君也;锄耰棘矜⑦,非铦于钩戟长铩⑧也;谪戍之众,非抗于九国之师也;深谋远虑,行军用兵之道,非及曩时之士也;然而成败异变,功业相反也。试使山东之国,与陈涉度长絜大,比权量力,则不可同年而语矣;然秦以区区之地,致万乘之权,招八州而朝同列,百有余年矣;然后以六合为家,殽函为宫;一夫作难而七庙⑨隳,身死人手,为天下笑者,何也?仁义不施,而攻守之势异也。

---

① 关中:秦国土地,东有函谷关,南有武关,西有散关,北有萧关,居四关之中,所以叫关中。
② 殊俗:风俗跟华夏不同的远方"蛮夷"。
③ 瓮牖绳枢:用破瓮作窗户,用绳子系门枢。形容贫寒家庭。
④ 氓:田野人民。隶:徒役。
⑤ 蹑:蹈。蹑足:置身。
⑥ 景从:如影随形。
⑦ 锄耰棘矜:锄柄木杖。耰:锄柄。矜:杖。
⑧ 长铩:长矛。
⑨ 七庙:古代天子有七庙,一个太庙,此外三昭三穆,分祀六代祖宗,共七庙。

文选：文学的御花园

【语译】

秦孝公占据崤山、函谷关坚固的天险，拥有雍州的土地，君臣严密防守，以窥探周王室；有征服天下，占领海内，统一四海的意思，并吞八方蛮荒之地的野心。这时商鞅辅佐他，对内制定法律制度，致力于农耕和纺织，以提高生产力，整顿攻守的武器装备，对外采取连横政策，使诸侯自相争斗。于是秦国人轻易地就取得了魏国黄河西岸的土地。

孝公死后，惠文王、武王、昭襄王，继承前代基业，遵循先王遗留的策略，从南方夺取楚国的汉中，西灭巴、蜀两国，东取韩、魏肥美的土地，北占形势险要的郡城。诸侯十分恐惧，就会商联盟，计划削弱秦国的势力，不惜以珍奇宝物、肥沃富饶的土地，来罗致天下的人才，订立合纵的条约，互相结为一体，以抵抗秦国。当时，齐国有孟尝君、赵国有平原君、楚国有春申君、魏国有信陵君；这四个人，都聪明睿智而忠诚信实，存心宽厚而仁爱待人，尊敬贤达，重用人才。他们相约合纵，离散连横，联合韩、魏、燕、赵、齐、楚、宋、卫、中山各国的军队。于是六国所网罗的贤士，有宁越、徐尚、苏秦、杜赫等人参赞谋划；齐明、周最、陈轸、昭滑、楼缓、翟景、苏厉、乐毅等人沟通各国意见；吴起、孙膑、带佗、倪良、王廖、田忌、廉颇、赵奢等人统率军队。曾以十倍于秦国的土地，百万的军队，进击函谷关，攻打秦国。秦军开关迎敌，九国的军队，竟疑惧退却而不敢前进。秦国没有损失一箭一镞，而天下诸侯已受困了。于是合纵条约瓦解，争先割让土地而贿赂秦国，秦国就有多余的力量，去制服疲惫无力的诸侯，追逐败逃的军队，战场上横尸百万，流血可以漂流大盾，秦凭借有利的形势，良好的时机，宰割天下诸侯，分裂各国江山，强国请求降服，弱国入朝进贡。传到孝文王、庄襄王，在位时间不久，国家平静无事。

等到秦始皇，发挥六代以来的余威，挥动长鞭而控制天下，灭东周，亡诸侯，登上皇帝宝座，统治天下，以刀杖、刀柄各种刑具来制裁天下人民，声威振动四海。南方夺取百越的土地，改设为桂林郡、象郡；百越的国君，都垂着头，被绳子系住脖子，把性命交给秦的狱官下吏；他派蒙恬到北方修筑长城，防守边疆，逼得匈奴退却七百多里；"胡人"不敢再南来牧马，兵士不敢拉弓放箭来报仇。于是废除先王法制，焚烧诸子百家的著作，使百姓愚昧无知；毁坏有名的城池，杀戮豪杰俊秀之士，没收天下兵器，聚集在咸阳，销镕刀锋箭头，铸成十二个金人，使天下人民都因不能习武而身体衰弱。然后以华山为城郭，以黄河为护城河，凭仗亿丈雄伟的高城，依靠深不可测的深渊，以巩固国防。再加上优良的将帅、强劲的弓弩，防守军事险要的地方；有亲信的臣子、精锐的兵士、陈列锐利的兵器，谁能奈何得了他？天下平定以后，始皇的心中，自以为关中的坚固，就像围着千里的金城，可以作为子孙万世做皇帝的基业。

始皇死后，余留的声威仍能使远方的"蛮夷"镇服。然而陈涉只是一个贫家子弟、农夫徒役、流放充军的人，才能比不上中等人，没有孔子、墨子的贤明，也没有陶朱和猗顿的财富，置身在军队里，兴起于田野之间。带着疲乏散乱的兵士，指挥几百个人，反转过来攻打秦国，砍伐树木做兵器，高举竹竿做军旗，天下的人竟像云彩般聚集响应，挑着粮食自动跟随他。华山以东的英雄豪杰，也一同起来革命，而秦国就被灭亡了。

说到秦国的天下，并不弱小，雍州的土地，崤山、函谷关天险的坚固，仍旧和从前一样；陈涉的地位，远不如齐、楚、燕、赵、韩、魏、宋、卫、中山的国君尊贵，所用的锄柄木杖，也比不上钩戟长矛的锋利；那些流放的戍卒，更不能胜过九国的正规军队，深谋远虑，行军作战的方法，并不及从前九国的将士谋臣；可是结果成功和失败全然改变，功业完全相反。如果把华山以东的九国，来和陈涉量度长短大小，比较权势力量，根本不能相提并论。然而秦国以小小的地方，得到天子的威权，取得其他八州，使同列诸侯臣服，已有一百多年了；然后把天下合为一家，以崤山、函谷关为宫室。不料只有一个陈涉起来发难，而秦的历代宗庙便遭毁灭，君主本身死在敌人手中，被天下人所讥笑，这是什么缘故呢？因为不施行仁义的政治，而且攻守的形势不同啊！

【赏析】

这篇文章原是贾谊《新书》中的一篇，题目是《过秦》，司马迁《史记·秦始皇本纪》曾引录全文，班固《汉书·陈胜项籍列传》曾节录其中间部分。《文选》是照《汉书》节录的部分选入，在题目上加一个"论"字。后来的人就将全文分为上、中、下三篇，以班固所节录，《文选》所选的这部分为上篇，原文头尾部分称为下、中两篇，当然以上篇最为精彩。现在所传的《新书》已经不是原本的面目，而各选本中的文字稍有出入，因《史记》最接近古时真面目，所以后人都依《史记》校正（严可均所辑的《全汉文》也完全依《史记》）。本文所谓"过秦"，是论述秦的过失，是以秦的过失，作为汉代的鉴戒，希望汉朝皇帝重视施行仁政，不应依靠暴力统治，为汉朝的长治久安提出良谋。

贾谊（前201—前169），西汉时洛阳（今河南省洛阳市）人，是汉代杰出的政论家和文学家，也是最早的汉赋作家之一。年少就通诸子百家之书，文帝召他为博士，那时他才二十岁出头，文帝每有诏令咨议，他能言别人之所不能言，为其他博士所推崇，所以一年之中超迁到太中大夫。他还上书请改正朔历法，制定法度，兴礼乐。文帝想升他为公卿，但为周勃、灌婴等权贵所嫉妒和毁谤。后来由于满怀抱负无从施展，忧闷而死，死时才三十三岁。贾谊与文帝夜谈，文帝都移动座席，靠前来听。这篇是他最有名的政论之一，当然也就掷地有声了。

全文共分五段，第一段叙述秦国之强，是秦孝公发愤图强，以商鞅变法奠定富强的基础。先写秦孝公凭借天险和土地，上下一心，退守进攻，伺机而动，所谓"有席卷天下，包举宇内，囊括四海之意，并吞八荒之心"，是以排比的句法，壮阔气势；以行文的畅达，衬托豪壮的声势。接着指出商鞅变法，内修政治，外以连横，轻而易举取黄河以西之地。

第二段叙述惠文、武、昭襄数世，承袭故业遗策，力图发展，六国合纵并力，也无可奈何。他写秦发展迅速，用"三、三、四、四、六、六"的句子，节奏明快，而且是对句排比之中，富于变化。讲其经国略地，略地的部分，南西二方，举地名以概括；东北两方，则以膏腴要害来涵盖，真是错落有致。接着讲诸侯的一边，先说他们的恐惧，反衬秦的声势；并极力描写他们有策略、有才智之士，使他们合纵缔交，他们名将如云，气势壮盛，这无非是为了与第四段所述的陈涉相比，以见其悬殊。这也是用渲染、比衬的手法，显示秦国的声威。结果"秦人开关延敌，九国之师，逡巡遁逃而不敢进。秦无亡矢遗镞之费，而天下诸侯已困矣"。这段论述，不尽合史实，但这夸大渲染，正与秦崩溃之容易，作鲜明的对比。接着写诸侯更惶恐，"争割地而赂秦"，还说秦使之"伏尸百万，流血漂橹"，这又是夸饰秦国的声威。到所谓"宰割天下，分裂河山，强国请服，弱国入朝"，文章气势，增强已到极点，然后提到孝文王和庄襄王，用"享国日浅，国家无事"八字，

· 191 ·

闲笔带叙，疏宕其气，而成波澜。

　　第三段叙述秦始皇统一天下，强盛到极点，自以为立万世不拔的基业，自以为天下人也无可奈何。提到秦始皇，文气又振，用字豪壮，烘托那统一天下的霸气，如"振良策而驭宇内""执捶拊以鞭笞天下，威振四海"，都充满暴戾之气。相对的，天下又如何呢？"百越之君，俯首系颈，委命下吏"，真是受尽"鞭笞"的屈辱；"却匈奴七百余里"，"胡人不敢南下而牧马"，真是受尽威势的震恐。接用"士不敢弯弓而报怨"，转叙海内之民，尽废圣道，以愚黔首，悉纳兵器，以弱天下之民，真是任其宰割；愚弱之民，怎有反抗的可能？然后写国防工事，城高池深，故意错落其句，再写武器精良，兵将勇猛，则用反诘句法，写其自以为可以奴役天下至于万世，从"自以为"三字，暗点事出秦始皇意料之外。句式富于变化，而用字凝练。

　　第四段写陈涉发难，天下响应，秦帝国一下子土崩瓦解。在这段作者极力顿挫气势，逆折文气，所以文章大起波澜。写陈涉出身的低微卑贱，以"之子""之人""之徒"三挫其气，才写"才能不及中人"。再说他也没贤名，也无财富，凭借的只是罢散之卒，数百之众，兵器是斩木，旗帜只是竿柄。这些与当年诸侯之兵，是鲜明的对比；与秦的金城千里，也是强烈的对比。极力写其成事之不可能，反衬亡秦之速。

　　第五段是以议论为主，异于以上各段是以叙事为主。先照应前文，以陈涉与六国比较，地理情势不变，陈涉与诸侯的位尊权重，绝不相侔，武器难以相比，凭借的师众难以抗衡，智谋更有天渊之别，竟造成"成败异变，功业相反"，这并列对比，塑造悬宕，引人思考，笔法顿挫，为下文蓄势。然后总收全文各段，再以反诘设问，然后总括答案，点明主题："仁义不施，而攻守之势异也。"

前人论此文,常谓"仁义不施"一语断尽,其实"攻守异势",绝不可忽略。施行仁义,是对汉帝的积极建言,攻守异势,是对汉帝的消极警告。创业固然维艰,守成更为不易。创业要修守战之备,守成则要修仁义之政。秦能于孝公之时,"内立法度,务耕织,修守战之备",其"务耕织"是爱民力,是富国所以强兵。其后五世,是"蒙故业,因遗策"。到了秦始皇"履至尊而制六合",创业已成,宜施仁义推恩天下以守成,却废先王之道,以愚百姓;收天下之兵,以弱天下之民,迷信武力。不知攻守之势已异,这也是本文的重心。盖刘邦已开创帝业,文帝之时重在守成,宜施仁义之政。不谈攻守异势,只谈仁义之施,则结论就太突兀了。

全篇文字雄浑,气势豪壮,尤其豪壮处,字句排比,音韵铿锵,节奏明快,衬托了秦国凛冽的霸气。当文势紧至极致,突然顿挫其势,疏宕其气,使之波澜层折,姿态横生。它足以震撼心神,也足以捉控心弦,左右读者的情志,具有强大的说服力。这位洛阳少年,能让文帝移前座席自叹不如,实在是其来有自。

二十、典论·论文　曹丕

文人相轻,自古而然。傅毅①之于班固②,伯仲③之间耳;

---

① 傅毅:字武仲,东汉茂陵(今陕西省兴平市)人。章帝时做兰台令史,与班固等典校秘书。
② 班固:字孟坚,东汉安陵(今陕西省咸阳市)人。博学能文,典校秘书。著《汉书》。
③ 伯仲:伯仲本是兄弟长幼的次序,最大的叫伯,其次是仲。伯仲之间,是说才能相近、不易分优劣。

文选：文学的御花园

而固小之，与弟超①书曰："武仲以能属文为兰台令史②，下笔不能自休。"夫人善于自见，而文非一体，鲜能备善，是以各以所长，相轻所短。里语曰："家有敝帚，享之千金③。"斯不自见之患也。今之文人：鲁国孔融文举④、广陵陈琳孔璋⑤、山阳王粲仲宣⑥、北海徐幹伟长⑦、陈留阮瑀元瑜⑧、汝南应场⑨德琏、东平刘桢⑩公幹，斯七子者，于学无所遗，于辞无所假⑪，咸自以骋骥騄（lù）⑫于千里，仰齐足而并驰。以此相服，亦良难矣！盖君子审己以度人，故能免于斯累⑬，而作《论文》。

王粲长于辞赋，徐幹时有齐气⑭，然粲之匹也。如粲之《初征》《登楼》《槐赋》《征思》，幹之《玄猿》《漏卮》《圆

---

① 超：字仲升，班固的弟弟。因平定西域有功，被封为定远侯。
② 兰台令史：主持整理图书和办理书奏工作的官。兰台：汉时官中藏书的地方。
③ 家有敝帚，享之千金：家里的破扫帚，却把它当作千金的价值一样看待。敝帚：破扫帚。享：相当；依篆字，享和当，字形相近。
④ 孔融：字文举，东汉鲁国（今山东省曲阜市）人。曾做北海相，后来被曹操所杀。
⑤ 陈琳：字孔璋，东汉广陵（今江苏省扬州市）人。曾任袁绍及曹操记室（掌文书的官）。
⑥ 王粲：字仲宣，东汉山阳（今山东省金乡县）人。文思敏捷，擅长辞赋。
⑦ 徐幹：字伟长，东汉北海（今山东省寿光市）人。为人恬淡寡欲，所著《中论》，辞义典雅。
⑧ 阮瑀：字元瑜，东汉陈留（今河南省开封市）人。与陈琳同为曹操的记室，主持书檄。
⑨ 应场：字德琏，东汉汝南（今河南省汝南县）人。曾任曹操丞相府部属，曹丕的文学侍从。
⑩ 刘桢：字公幹，东汉东平宁阳（今山东省宁阳县）人。善于五言诗。
⑪ 于辞无所假：在文章写作上不抄袭别人。辞：文辞、文章。假：借。
⑫ 骥騄：骥与騄都是良马。
⑬ 累：毛病。
⑭ 齐气：指齐国文人所做文章，有文气舒缓的毛病。

下编 《昭明文选》篇章选析

扇》《橘赋》，虽张、蔡，不过也。然于他文，未能称是①。琳、瑀之章表书记，今之隽也。应玚和而不壮，刘桢壮而不密。孔融体气高妙，有过人者，然不能持论，理不胜辞②，以至乎杂以嘲戏；及其所善，扬、班俦（chóu）③也。

常人贵远贱近，向声背实④，又患暗于自见⑤，谓己为贤。夫文本同而末异，盖奏议宜雅，书论宜理，铭诔⑥尚实，诗赋欲丽。此四科不同，故能之者偏也，唯通才能备其体。

文以气⑦为主，气之清浊有体，不可力强而致。譬诸音乐，曲度虽均，节奏同检⑧，至于引气不齐，巧拙有素，虽在父兄，不能以移子弟。

盖文章，经国之大业，不朽之盛事。年寿有时而尽，荣乐止乎其身，二者必至之常期，未若文章之无穷。是以古之作者，寄身于翰墨，见意于篇籍，不假良史之辞，不托飞驰⑨之势，而声名自传于后。故西伯幽而演《易》⑩，周旦显而制《礼》，不以隐约⑪而弗务，不以康乐而加⑫思。夫然，则古人贱尺璧而

---

① 称是：与此相等。称：相等、相当。是：此。
② 理不胜辞：道理不能胜过文辞（不善于说理）。
③ 俦：匹敌、伴侣。
④ 向声背实：崇尚虚名，背弃实学。
⑤ 暗于自见：看不到自己的短处，指没有自知之明。暗：不明的意思。
⑥ 铭诔：铭、诔都是文体的名称，称述功德的文字。
⑦ 气：指表现在文章上的精神和力量，即文气、气势。
⑧ 检：法度。
⑨ 飞驰：飞黄腾达、驰骋于仕途的达官显要。
⑩ 西伯幽而演《易》：周文王被纣王幽禁在羑里的监狱，而推演《周易》。西伯：指周文王。幽：囚禁。
⑪ 隐约：困穷不得志。
⑫ 加：移。

·195·

重寸阴,惧乎时之过已。而人多不强力①,贫贱则惧于饥寒,富贵则流于逸乐,遂营目前之务,而遗千载之功。日月逝于上,体貌衰于下,忽然与万物迁化②,斯志士之大痛也!融等已逝,唯幹著论,成一家百。

【语译】

文人互相轻视,自古以来就是这样。傅毅和班固,文章不相上下,可是班固就是看不起他,在给弟弟班超的信上说:"武仲因为能写文章,而做兰台令史,一提起笔来,就不知道停止。"一般人善于看见自己的长处,而文章并非只有一种体裁,各种体裁的文章都写得好的却不多,因此各人就以自己的长处,去轻视别人的短处。俗语说:"家里有把破扫帚,却把它当作是千金的价值一样看待。"这就是没有自知之明的毛病。现在的文人:鲁国孔融文举、广陵陈琳孔璋、山阳王粲仲宣、北海徐幹伟长、陈留阮瑀元瑜、汝南应玚德琏、东平刘桢公幹,这七个人学识广博,无所遗漏,在文章写作上也不抄袭前人的陈词滥调,都自以为像骥骡良马,奔驰于文学的旷野上,可以与别人并驾齐驱,不相上下,但他们却都能彼此敬佩,这也真是难能可贵。(另一解释是:要他们互相钦服,实在是很困难啊!)只有君子能审察自己,然后衡量别人,才可以避免这个毛病,所以我就写了这一篇《论文》。

王粲最会作辞赋,徐幹的辞赋常犯有齐国文人语气舒缓的毛病,然而仍可以和王粲相提并论。如王粲的《初征赋》《登楼赋》《槐

---

① 强力:努力。
② 迁化:迁移物化,即死亡。

赋》《征思赋》，徐幹的《玄猿赋》《漏卮赋》《圆扇赋》《橘赋》，就是张衡、蔡邕两大赋家的作品也不能超过。可是其他体类的文章，就达不到这种水准了。陈琳、阮瑀的奏章文告，是当今最出色的。应场的文章平和但不豪壮，刘桢豪健但不绵密。孔融的才情气质很高妙，有超过常人的地方，但不善于议论，说理不能与文辞相当，甚至夹杂一些戏谑的文辞；至于他高明的地方，倒可以跟扬雄、班固媲美。

一般人都看重前代或远处的，轻视当代或近处的，崇尚虚名，背弃实学，又患有看不见自己短处的毛病，总以为自己的文章最好。其实文章基本的道理虽然相同，形式上却有种种差异，大抵奏议应该典雅庄重，文牍和论文要说理周密，铭诔应符合实情，诗歌辞赋务求华丽。这四种体裁，各有不同，所以文章写得好的，也只偏重于某一种体裁而已，只有通才才能擅长做各种文体。

文章以气为主，气有清浊的分别，不可勉强获得，犹如演奏音乐，曲调板眼虽然相同，节奏旋律可以一致，但由于调气不同，基本上就有巧妙笨拙的差别，这一方面即使是父兄，也不能将它传授给子弟。

文章是经世济民的大业，也是立言永垂不朽的美事。人的寿命总有结束的时候，而荣华享乐也只限于一生的光阴而已，这两项到一定的期限必然终止，不如文章有无穷的生命。所以古代的作家从事写作，把思想表现在篇章书籍中，不必靠史官的记载，无须依托权贵的势力，而声名自然流传于后世。所以周文王被幽禁而推演《周易》，周公在显达时仍制礼作乐，这两位圣人不因困穷不得志而不从事著作，也不因安乐而转移著述的志向。这样，古人爱惜一寸光阴，而轻视径尺的璧玉，是怕时间从身旁流逝过去。可是一般人多不努力，贫贱时怕挨饿受冻，富贵时又流于纵情享乐，于是只经营眼前的俗事，而遗弃可以流传千古的事功。光阴不断地在消逝，身体容貌也在衰老，很快就跟着万事变化而消灭，这才是志士最大的悲痛！孔融等人已经去世，只有徐幹著有《中论》，自成一说。

【赏析】

曹丕的《典论·论文》，通常被奉为我国文学批评之祖。这并不是说在此之前，人们对文学不予重视，或不曾有过意见。只是在此之前，没有专为讨论文章而留下文献而已。

曹丕（187—226），字子桓，是曹操的儿子，在献帝建安十六年（211）为五官中郎将，二十二年冬，立为魏王太子。建安二十五年，曹操死，曹丕继位为丞相和魏王，随即篡汉，建都洛阳，国号魏，在位七年，是为魏文帝。死时才四十岁。

曹丕喜爱文学，努力著述，受到王允《论衡》的影响，著有《典论》。所谓"典论"，就是"正论"，志在"端正天下之论"，陆陆续续撰写，而完成于当太子之时。而《论文》之作，也就是要为文学批评制定客观的准则，很公正地批评当代的文章，论说有关文学的看法。不过我们如果仔细品味，会发现他多少也为曹植《与杨德祖书》而发。《论文》的立论，使文学与学术划分界线，文学地位因而提高，而且对后世的文学创作、批评，与文类的区分，都有很深远的影响。

通常我们称为第一段的部分，实际上是叙目，说明他为什么写《论文》。文字的表面，当然是说明文人相轻的原因，是一般人善于看到自己的长处，就以自己的长处夸耀于人。其实文章体气不同，人各有所长、各有所短，是不该敝帚自珍的。要了解这段文字的言外之意，就要看曹植《与杨德祖书》，曹植在那封信自炫爱好文章已二十五年,虽然年纪轻轻,却有倚老卖老的意味,连婴儿期都算进去,俨然以耆宿自居,并评论当代的作家。就是后来称为"建安七子"中的五人,说他们"不能飞轩绝迹,一举千里",已有看不在眼里的意味,更说:"以孔璋之才,不闲于辞赋,而多自谓与司马长卿同风;譬画虎不成,反为狗也。"曹丕在这叙目的前半段,正是驳斥曹植患了文人相轻的毛病。因为曹植自认是辞赋的老手,而曹操也对曹植的辞赋十分激赏,所以曹植轻视陈琳不擅长此道,这正是以其所长,轻人所短。曹植引用成语讥笑陈琳是"画虎不成反为狗",曹丕就用俚语"家有敝帚,享之千金"来讥笑曹植,而且这也是写给曹操看的,所以这个"家"字,是确有所指的。

叙目后半,列出建安七子的名字,所谓"建安七子",也是因这篇《论文》而定名。这七子其中五人,是曹植说"不能飞轩绝迹,一举千里"的人(其他二人:孔融、阮瑀,在曹植写那一封信时已死,所以没有写人),曹丕却说他们都是能"审己度人"的君子,所以能免于文人相轻之累。曹丕暗喻从这方面而言,七子就强过曹植多多了。

第二段是曹丕以君子自况,审己度人一番,换句话说,是以客观的态度,把七子的得失长短,加以评论。将王粲和徐幹以擅长辞赋为一组,陈琳和阮瑀擅长章表书记为一组,应场和刘桢以文章气势为一组,孔融独为一说,论文气和内容。其中"徐幹时有齐气",依《三国志·魏志》注所引,是"逸气"而不是"齐气",和《与吴质书》所讲的刘桢相同:"公幹有逸气";《与吴质书》说徐幹恬淡寡欲,有箕山之志,或许可为"逸气"或"齐气"的注脚。这一段也正是证明"文非一体,鲜能备善"。对曹植贬抑的陈琳,给予相当高的评价。

第三段论文体各有所宜,分文体为四科,并分别其崇尚,这是

文选：文学的御花园

中国文体区分的初步，对后来影响很大。文章既然本同末异，四体有不同的极致，所以能之者偏，唯有通才方能兼备。这当然是前面"文非一体，鲜能备善"的具体说明。对曹植也有强烈的斥责，说他贵远贱近，才看不起七子；说他暗于自见，谓己为贤。同时暗指他擅长于辞赋，只是偏才而非通才，也没有什么好趾高气扬的。

第四段拈出"气"字，说明才性各有所偏。"气"本是品评人物的要项，是指人物言辞的气，转而用到文章来，它包括才质和性向，当然也受到教育程度和生活习惯的影响。后来清代桐城派姚鼐论文，所谓阴阳刚柔，是本乎此。气有不同，不可力强而致，还以音乐作比方，非常妥切。相同的曲调板眼、相同的节奏旋律、不同的乐器，音色固然不同，不同的人唱起来，也就有好坏的差异。这差异就文章来说，就是才气。这方面连父兄都教不了子弟。文外之意，似乎向曹操表示：辞赋一方面，他输给弟弟曹植，是不可力强而致，所以是没有办法的事。但话说回来，文有四科，书论之道，弟弟就未必赢得了我；至于武艺杂技，那更不在话下。

第五段论文章的价值，及圣贤与常人对著述的态度有所不同，最后慨叹老大无成，为志士之悲。曹丕把文章视为"经国之大业，不朽之盛事"，将地位大为提高，颇有"文学至上"的观念。强调"年寿有时而尽，荣乐止乎其身，二者必至之常期，未若文章之无穷"，似乎在立德、立功、立言三不朽中，独标榜立言。当然这也是有所感而发。七子凋零，而文章尚在，这正是年寿有限，荣乐止乎其身，而文章还是比较能传之久远。另方面也未尝不是针对曹植《与杨德祖书》所谓"辞赋小道，固未足以揄扬大义，彰示来世"，并举扬雄"壮夫不为"的话来说的；曹丕举周文王穷厄之时演《易》，周公显贵之时制《礼》，真是针锋相对。曹丕暗示他要放弃"建永世之业，留金石之功"的冀望，也就是不要"营目前之务，遗千载之功"。曹植既然表示："若吾志未果，吾道不行，则将采庶官之实录，辩时俗之得失，定仁义之衷，成一家之言"，那是最好不过，所以最后突然冒出："唯幹著论，成一家言。"来回应曹植的话。

曹植《与杨德祖书》写于建安二十一年(216)，而曹丕《典论·论文》写于建安二十二年(217)大瘟疫，七子已死之后，由于这两年正是曹操为立嗣而举棋不定，让曹丕如芒刺在背，他的《典论》很多篇都是在这时完成。虽然我们分析它的写作动机，不纯粹是为文论文。这并没有贬抑它的意思。相反地，反而觉得曹丕写作技巧之高，几臻化境。他使用"文人相轻"的大帽子扣住了曹植，然后赞美被曹植轻藐的人，提出"文非一体，鲜能备善"，做客观的批评，既为中国文体区分迈开了一大步，又暗责曹植只是偏才，竟如此狂妄，再拈出"气"字来，既为中国文气说开其先导，又为自己解说。最后宣扬文学的地位，也暗示曹植退而著述。这种一方面是具有建设性的闳论，一方面是影射暗讽另有所指，运用之巧，难有其匹。也只有在饮食难安之际，紧迫危急之时，才能发挥无比的潜力，成此影响后世深远的佳构。所谓"穷而后工"，果然不假。